命の代償

北町影同心6

沖田

二見時代小説文庫

目次

命の代償——北町影同心6

第一章　将軍家斉《いえなり》からの使者

一

四方を海に囲まれたこの小さな島国に、遠く西洋の国々が、開国を迫ろうと食指《しょくし》を伸ばしはじめている。

近年、日本の近海では通商を求め、英吉利《イギリス》国などからの大型船が、数多く出没するようになっていた。遥か沖合いでは、漁に出た漁民たちが、異国船の乗組員と食料と物品などの交換をする、法度《はっと》を無視した交流が盛んにおこなわれているようだ。極最近では、陸奥《むつ》の仙台《せんだい》沖で漁民が英吉利船に米を奪われるという、強奪事件なども発生している。

鎖国《さこく》政策を取る幕府は異国の侵入に苦慮し、防御対策として、この年文政《ぶんせい》八年二月には『異国船打ち払い令』を発令し、異国船の追い出しを図《はか》っていた。

この年の八月末のこと、日本橋川《にほんばしがわ》と交差する亀島川《かめしまがわ》に架かる霊巌橋《れいがんばし》で、商人風の男が殺される事件が起きた。

日本橋川は、千代田《ちよだ》城を囲む外濠《そとぼり》から、常盤橋《ときわばし》あたりで東に向きを変える。外濠との境に架かる一石橋《いっこくばし》から、さらに十五町ほど東にきたところで、日本橋川は南北に流れる新堀《しんぼり》と交差する。北からの流れは、浜町堀《はまちょうぼり》の吐き出し口あたりで、そして、東へ向けての流れは、永代橋《えいたいばし》の袂《たもと》付近で大川《おおかわ》が合流する。

亀島川は、町奉行所役人の組屋敷がある八丁堀《はっちょうぼり》と、埋め立て地である霊巌島の間を流れる、川幅が十五間ほどの堀川である。霊巌橋は、小網《こあみ》町と箱崎《はこざき》町と八丁堀、そして霊巌島を四分する掘割りの、すぐ南側に位置する。

霊巌橋の袂に、男の変死体が浮いているのを、夜鳴き蕎麦《そば》屋が発見したのは、宵《よい》五ツも過ぎたころであった。

この夜、霊巌橋から半町も離れたところで、蕎麦屋が屋台を出していた。夜も更《ふ》け、江戸は寝静まるころとなっている。すっかりと人通りが途絶え、二人客がかけ蕎麦を食べたのを機に店じまいを決め込んだ蕎麦屋は、あと片づけを済まそうとしたところで、ふと尿意をもよおした。晦日《みそか》は月こもりで、常夜灯の明かりがぼんやりとその周りだけを照らす暗い夜であった。蕎麦屋は周囲に人がいないことをたしかめ、堤《つつみ》から亀島川の護岸に向けて用を足《た》し、ブルッとひと震えしたところであった。

霊巌橋の橋の上から、ドボンと物が落ちたような大きな水音が聞こえ、蕎麦屋は闇に向けて目をこらした。

「なんだ、あの音は？」

音のした霊巌橋に向けて、蕎麦屋は恐る恐る歩き出した。橋の周囲に、人の気配はまったくない。蕎麦屋は堤の上から、提灯《ちょうちん》の明かりを川面に向けて差し出した。ぶら提灯の明かりの先に、ぼんやりと見えるのは水面に浮かぶ黒い塊《かたまり》であった。それが何かまでは、堤の上からは分からない。堀川でも、微《かす》かな流れはあるものだ。霊巌橋の橋脚に引っかかっているのか、川の流れに逆らい止まったままである。

「なんだいあれは？」

しばらく呆然と眺めていたが、そのうち目が慣れたか蕎麦屋の訝《いぶか》しげな顔は驚愕《きょうがく》へと変わった。二本の棒と見えていたものが、人の足と分かったからだ。と同時に、蕎麦屋は二十間先にある霊巌島町の番屋へと飛び込んだ。

話は一日前に遡《さかのぼ》る、八月二十八日の昼過ぎのこと。

音乃《おとの》に与えられた探索の期限は、この日を除いてあと六日と迫っていた。

立秋はとうに過ぎたとはいえ、茹《う》だる暑さだ。文政八年八月も末とはいえ、この日は朝から残暑がぶり返し、かんかんと照りつける日射しが、容赦《ようしゃ》なく道行く人々の頭上に降り注ぐ。

音乃は、近年流行《はやり》の絣《かすり》模様の小袖の袂《たもと》から豆絞りの手拭《てぬぐ》いを取り出し、いく度額《ひたい》から滲み出る汗を拭っただろうか。音乃は今、五街道の基点となる日本橋の袂から北に二町ばかり行った、室《むろ》町二丁目と三丁目を分ける四辻の中ほどで立ち止まっている。顔を左右に向けて、道をどちらに取るか、迷いが生じているような素振りであった。

北町奉行榊原忠之《さかきばらただゆき》からの密命が下って三日が経つも、探索はなんの進展もなく無駄な時だけが過ぎていた。

影同心《かげどうしん》の仕事は、どれでも命懸けといえばそれまでだ。だが、このたびの案件は失敗《しくじり》はもちろんのこと、途中での撤退は絶対に許されぬ事情が、音乃の肩に重圧としてのしかかっていた。最初から、期限は中九日と限られている。しかも、いつにも増して、難解な命題として提起されていたのである。

期限が区切られ、それまでに事の案件を解決しないと、命は保証されない。切羽詰《せっぱつま》ったところまで、音乃は追い込まれていた。額からの汗の滲みは、炎天の暑さばかりでなく、多分に焦りからも生じているようだ。

「もう少し、目抜き通りを歩いてみよう」

音乃は独りごちると、日本橋の大通りをさらに北に向けて歩き出した。しかし、どこを目指すわけでもなく、行くあてもない。探索をはじめてから、いく度も行ったり来たりした道であった。

室町三丁目の中ほどまで来て、四日前に義母である律《りつ》と連れ立って来た、一軒の大《おお》店《だな》の前で音乃は立ち止まった。何も探索のために、足を止めたのではない。昨日まで商いをしていて大勢の客で賑わっていた店だが、一夜経った今は、間口も十五間ある大戸がすべて下りている。その閑散ぶりに、諸行《しょぎょう》の無常《むじょう》を音乃は感じていた。

庇《ひさし》の上の屋根瓦《がわら》に載った『呉服商　丸高屋《まるたかや》本店』と書かれた金看板が、今は空《むな》しく大店の名残《なごり》を示すだけである。

越後屋《えちごや》、白木屋《しろきや》、松坂屋《まつざかや》とともに、江戸《えど》でも四指に入る大手の呉服商丸高屋が、店を閉めるとの報せが江戸中を飛び交ったのが五日前のこと。浅草広小路《あさくさひろこうじ》、下谷《したや》広小路、両国《りょうごく》広小路と江戸屈指の繁華街のほかに、芝《しば》と赤坂《あかさか》にも支店を出すほどの大店である。「――いくらなんでも丸高屋が、急に店を閉めるとは……」そんな驚きの声が、方々から聞こえてきた。

無理な事業拡大が祟《たた》って資金が底をつき、経営が立ち行かなくなっての破綻《はたん》が原因だとされているが、本当の理由は誰も分からない。丸高屋の店じまいは、讀売《よみうり》の記事にも大きく取り上げられ、江戸では知らぬ者がいないほどの、大きな出来事となった。

騒ぎが大きくなったに理由《わけ》の一つは、こんなところにもある。

閉店までの五日間、在庫で抱えたすべての反物《たんもの》を七割引にて大処分するという記事が讀売に載った。それも、世間を騒がす要因でもあった。その一文を嗅ぎつけ、江戸中の女たちが丸高屋の店頭に押し寄せたのだ。

その喧騒振りが、音乃の目に焼きついている。大戸が閉まった丸高屋の店先で、音乃はふと四日前のことを思い出していた。

その日音乃と律もご多聞に漏れず、店頭に群がる女たちの中に身を置いていた。

「……あれは、女同士の戦いだった」

そのときの様子を思い出し、音乃はクスリと苦笑《にがわら》った。しかし、笑っている場合でないとすぐに真顔へと戻す。

音乃の焦りの根幹を成す、盤根錯節《ばんこんさくせつ》の事態は、四日前からすでにはじまっていた。

二

四日前は、秋の漂いを仄《ほの》かに感じ、この日ほどの暑さもなく過ごしやすい日和《ひより》であった。

その日の昼下がり、音乃と義母の律は丸高屋本店の前まで来ていた。

「──まあ、すごい人ですこと」

「今ごろ来ても、もう遅いみたいですね」

律の呆れ気味の言葉に、音乃がため息混じりに返した。

丸高屋の店頭と店内は、黒山の人だかりであった。客はみな、普段は清楚で淑《しと》やかな佇《たたず》まいをした、武家や商家の妻女たちである。

朝四ツの開店と同時に、店先にいくつも並べられた平台《ひらだい》に山積みされた呉服反物《たんもの》は、あっという間になくなり、その後は品物を補充するそばから、群がった女たちが競うように奪い取っていった。

滅多にない機会に、恥も外聞《がいぶん》もない。

「せっかくここまで来たのですもの、お義母《かあ》さま……」

「私たちも負けてはなりません、音乃」

自らに奮起を促すと、音乃と律は群れの中を分け入っていった。

「押さないでおさないで……危ないから押さないでと、言ってるだろ！」

血気に逸《はや》った女たちを静めようと、丸高屋の手代《てだい》が怒声を発している。

「これ治助《じすけ》、お客さまを怒鳴るのではない」

店先で大声を発する手代に、店の奥から叱り声が聞こえてきた。

女客同士の、口喧嘩も聞こえてくる。

「駄目だよこれは、私んだから！」

「私が先に取ったんでしょうに、ふざけるんじゃない！」

高貴な武家の妻女と見られる女が二人、鉄漿《おはぐろ》の歯をむき出しにして、罵詈《ばり》雑言《ぞうごん》を叩き合っている。いつもはお高く止まっていても、いざとなれば女の本性がむき出しになる。そんな実態を、音乃は呆然と見やった。

「音乃、これは女の戦《いくさ》よ」

律が本性を発揮する。いつにない、律の険《けわ》しい表情であった。

音乃も律も他人《ひと》に教えることができるくらい、裁縫はお手のものだ。反物を仕入れられればいかようにも仕立てることができる。丸高屋の大放出には飛びつくわけである。

「みっともねえ」

その浅ましさに、職人や町屋女たちの嘲笑《ちょうしょう》が聞こえてくる。古着で済ます長屋暮らしの町人たちは、新品の反物とはほとんど縁がない。音乃と律は、そんな町人たちの嘲《あざけ》りなど聞こえぬかのように、平台に放り出された反物を漁《あさ》っていた。

お一人様三反の限定に、音乃と律で都合六反の着物生地《きじ》を手にすることができた。

「帰ったら、さっそくこれで、袷《あわせ》を縫いましょ」

よいものを手に入れたと、律の相好《そうごう》は崩れたままだ。

「はい、お義母さま。でも、何か忘れているような……」

群れから出てきた音乃が、ふと小首を傾げて言った。買った反物を見ると、柄《がら》がみな女物ばかりである。

「お義父《とう》さまの分が……」

必死の奪い合いで、二人とも丈一郎《じょういちろう》の分まで気が回らなかった。取り替えようと音乃が振り向くも、あの群れの中には二度と戻りたくない。端《はた》から見たら、あの中にいた自分が恥ずかしく思えるほどであった。

それから半刻ばかりして、反物を包んだ風呂敷を抱え、律と音乃は霊巌島の自宅へと戻った。

「ただ今帰りました……」

三和土《たたき》に立って律が声を飛ばしても、丈一郎の返事はない。囲碁《いご》の棋譜《きふ》を並べながら、独りで留守番をしていると言っていたはずだ。

「どちらか、お出かけかしら？」

いつもなら、出迎えるまではしないまでも、なんらかの声が聞こえてくるはずである。

「まっ、上がりましょう」

律の促しで、音乃も式台に足をかけた。廊下を並ぶように歩き、居間の襖を開けると、丈一郎が庭に体を向けて座っている。

「あらあなた、いらしたの」

背中に向けて、律が声をかけるも、丈一郎は振り向こうともしない。無我の境地のように座禅を組み、庭の一点を凝視《ぎょうし》している。

丈一郎の様子が変であるのは、すぐさま分かる。

「どうかなされましたか、お義父さま？」

音乃が声をかけると、丈一郎の肩がピクリとわずかに動いた。律が丈一郎の前に回り、顔をのぞき込むようにして見やっている。

「あなた、顔色が変ですわよ」

「ああ、帰ってきたか」

律がかけた言葉に、ようやく丈一郎の返しがあった。しかし、声音《こわね》が呆《ほう》けて弱々しい。座禅は心身を磨くためでなく、放心状態であったようだ。

「どうかなされて、あなた？」

心配そうに、律が問いかける。夫婦の間でも、滅多に見せぬ丈一郎の胡乱《うろん》な表情であった。

「うーむ……」

丈一郎が、返事に窮《きゅう》している。その苦慮する様子に、かなりの難事が降りかかっていると見える。

「音乃も帰ったのか？」

「あらいやですよ。今しがた、音乃もあなたに声をかけたでしょ」

律が、丈一郎の背後に座る音乃に目を向けた。音乃は首を傾げて、夫婦のやり取りを見やっている。

「ああ、そうだったか」

丈一郎の口調に、普段の覇気《はき》がまったくない。まるで、人が入れ替わったような様子であった。反物を安く買えた喜びはどこかに消え去り、音乃と律の不安な気持ちは、茫然自失《ぼうぜんじしつ》の丈一郎に向いた。

「いったい何があったのか、お聞かせ……」

律の言葉を遮《さえぎ》るように、丈一郎は座りながら体を反転させると、音乃と向き合う形となった。

「音乃に、話がある」

意を決したかのように丈一郎の面相から憂いの表情は消え、にわかに険《けわ》しいものとなった。顔色も、真っ赤に紅潮している。

「律も、一緒に聞いてくれ」

丈一郎のただならぬ気配に、音乃と律は体を硬直させて座った。丈一郎は、二人の顔を交互に見やるが、気を落ち着かせるためか、無言の間《ま》を作った。

どんな話が出るのか、音乃も固唾《かたず》を呑みながら丈一郎の言葉を待っている。

しばしの沈黙が部屋を支配するが、緊張の糸はピンと張り詰めたままだ。

丈一郎の咽喉《のど》が、ゴクリと鳴った。同時に、小さくうなずく動作があった。語りに入る前の、前兆と取った音乃は体を動かし居住まいを正した。

「実はな……」

第一声が咽喉にからみ、丈一郎の声音が甲高《かんだか》く裏返っている。ゴホンと一つ大きな空咳《からせき》を打って、言葉の調子を取り戻す。声すら変調になるほど、丈一郎の気は高ぶっていた。

――いったい、何が起こったというの？

それが自分に関わることとあらば、音乃の不安はさらに増した。

「エッヘン」

もう一度咳払いを打って、丈一郎は気持ちを落ち着かせる。そして、

「実はな……」

再度おもむろに語り出すも、丈一郎の声音はまだ上ずっている。

「半刻ほど前のことだ。いや、どうも咽喉が渇いてならん。律、茶を淹《い》れてくれんか」

語りが、またもお預けとなる。

「ちょっと、お待ちください」

律が不満そうな声音を発し、立ち上がった。

「でしたらわたしもご一緒に……」

丈一郎と二人で向かい合うには、どうも気まずさを感じると、音乃も律にそろえて腰を上げた。

茶の湯を沸かすのに、少しばかり時が必要だ。竈《へっつい》の鉄瓶に湯が沸騰するまで、音乃と律は考え込んだ。

「あの人のあんな変な様子、初めて見ました。いったい、何があったのかしら？」

「わたくしも、この家に嫁《とつ》いできてから一度も見たことがありません。よほど言いづらいことなのでしょう」

想像するも、答が分かるはずもない。

やがて湯が沸き、三つの湯呑茶碗に茶を注ぐ。

「おや、茶柱がひっくり返っているわね」

不吉な前兆かと、律の顔が曇りをもった。

「そんなの迷信ですわ、お義母さま」

音乃は平然とした面持ちで言うも、心中《しんちゅう》は穏やかでない。茶柱に憂いがさらに増したか、湯呑を載せた盆が小刻みに揺れ、カタカタと音を立てた。

語りの仕切り直しである。

丈一郎は、温《ぬる》くなった茶を一気に呷《あお》るように呑むと、茶柱が咽喉に引っかかったかゴホゴホと咳を発して咽《むせ》た。そこに気鬱《きうつ》の思いも重なり、なかなか話に入れない。音乃と律は、焦《じ》れる思いで丈一郎と向かい合った。しかし、せっつくようなことはせずに、黙って丈一郎を見据えて語りを待つ。

咳も治まり、ようやく丈一郎が落ち着きを見せた。

「さて、どこまで話をしたっけ？」

いつものような、低い声音を取り戻している。

「いえ、まだ何も聞いてはおりません」

丈一郎の問いに、律が憮然《ぶぜん》とした表情で返した。なかなか話に入れない夫に痺《しび》れを切らしているようだ。

「ならば、最初から話すが……」

「前置きはよろしいですから」

律が、夫をせっついた。

「半刻ほど前かな、城から使いの者が来てな、御表使《おんおもてづかい》で三宅《みやけ》という女の……」

語りはじめたのはよいが、丈一郎の歯切れが悪い。

「あなたらしくない。いったい、どうなされたのです？」

奥歯に物が挟まった丈一郎の口調に、とうとう律が癇癪《かんしゃく》をおこした。

「怒るな、律。こんなこと、誰だってすらすらと語ることはできんぞ。わしだって、心苦しいんだ」

「よほどいやな事がおありになったのでしょうが、わたしは何を聞いても驚きません。そうだ、実家から何か言われたのでございますか？」

音乃が、丈一郎の気を休めるように口をはさんだ。

「いや、音乃の実家ではない。今しがた、城と言ったろう」

「たしかに聞きましたが、お城ってのはどこにもございます。大坂《おおさか》だって熊本《くまもと》にだって……」

屁《へ》理屈をこねるように、律が返した。

「城ってのは、酉《とり》の方角にある千代田のお城だ」

「えっ。千代田のお城とは、将軍様の住む……あそこですか？」

「ああ、そうだ。上様《うえさま》の住む、あの城だ」

「そんなところから、何を言ってこられたのです？」

丈一郎と律の掛け合いを、音乃は他人事《ひとごと》のように黙って見やっている。だが、次の丈一郎の一言で、音乃は飛び上がるほどの衝撃を受けることになる。

ゴクリと咽喉を鳴らして茶を呑み干すと、丈一郎は空《から》になった湯呑を膝元に置いた。

そして、ふーむと一唸りして、一気に口にする。

「音乃を、大奥に差し出せとのことだ」

「なんですって！」

仰天《ぎょうてん》の声は、律が発したものである。音乃の口はあんぐりと開き、声すらも出せずにいる。

「それがな、単なる大奥のお女中奉公ではなさそうなのだ」

さらなる丈一郎の語りに、腰が砕《くだ》けそうになるのを、音乃はぐっと堪《こら》えて背筋を伸ばした。律は、驚きで返す言葉を失っている。

そのときの様子が、丈一郎の口から詳しく語られる。

北町影同心の仕事が暇《ひま》なのは、世の中が平穏に回っている証《あか》しである。それはそれでよろしいことだと、丈一郎は独り退屈な思いを碁石で凌《しの》いでいた。

囲碁の教本を手に、ぶつぶつと口にしながら棋譜を並べている。

「……十三のホに一間飛びか。なんで、こんなところに打つんだ？」

名人の打つ一手の意味が、素人《しろうと》には理解できない。首を傾《かし》げて考えながらも、丈一郎は太平楽《たいへいらく》を満喫《まんきつ》していた。

「ふぁー」

棋譜並べに飽きたか、丈一郎が目尻に涙を溢れさせながら大あくびをしたところであった。

「――これ、誰かおらぬか？」

遣戸《やりど》の開く音が聞こえ、いきなり高飛車《たかびしゃ》なもの言いの男の声が、丈一郎の耳に入った。

「ん……誰だ？」

無粋な口の利き方を不快に思いながらも、丈一郎は重い腰を上げ戸口へと向かった。

三和土に立っているのは、正装の裃《かみしも》を纏《まと》った侍二人であった。巽《たつみ》家とは縁のなさそうな、相当高家の家臣と思《おぼ》しき姿である。

「どちらさまで、ございましょうか？」

訝《いぶか》しげな顔で、丈一郎が問うた。

「巽というのは、この家であるな？」

丈一郎の問いには答えず、逆に問われる。

「はぁ、左様ですが……」

「これより、千代田城は大奥からの、御年寄《おとしより》様のご使者であられる三宅様がまいられる。粗相のないように」

「……千代田城の大奥から？」

巽家とは、まったく縁のないところからの使者と聞いて、何ごとかと丈一郎の首がさらに大きく傾いだ。侍たちの肩越しに外を見やると、町中では滅多に見られぬ、豪華な青漆塗《せいしつぬり》の女乗物が停まっている。四人の陸尺《ろくしゃく》で担がれる駕籠《かご》である。陸尺の一人が腰を落として扉を開けると、金襴《きんらん》の衣装を纏った女が、しゃなりとした姿で出てきた。

「はて、大奥のご使者様が何用で当家に？」

丈一郎が、侍の一人に問うた。

「三宅様から、直《じか》に聞いてもらいたい」

「これ、大奥御年寄様の御使者である。頭《ず》が高い」

一段高い板間につっ立つ丈一郎に向けて、もう一人の侍が尊厳を込めてたしなめた。

仕方なく丈一郎は正座をして、大奥からの使者を迎え入れた。

大奥の外交を司《つかさど》る、御表使といわれる役目のお女中である。

敷居をまたぎ、御表使の三宅が入ってきた。立ち位置を、侍たちと入れ替わり、板間に座る丈一郎の前に立った。

「巽というのは、この家か？」

女も高飛車なもの言いである。だが、千代田城大奥からの使者とあらば、丈一郎もおいそれと無粋を咎《とが》めることはできない。

「はあ、左様ですが」

このときはまだ、使者の用件は分からない。眉間に皺《しわ》を寄せ、不安そうな表情を丈一郎は作った。

「何も、命を取りに来たのではない。もっと機嫌のよい顔を見せぬか」

御表使の三宅の背後から、警護侍の声がかかった。

三宅の出で立ちは、合着の上に綸子《りんず》の内掛けを纏い、髪型は御殿女中の定番である片はづしである。その姿と言葉つきに、大奥の中でも相当な権限をもっていると知れる。大奥を取り仕切る、御年寄の名代《みょうだい》とあらば高圧な態度も仕方のないところか。

「はぁー」

丈一郎は、無理矢理にも面相を崩した。

「こちらに、音乃という女子《おなご》はおらぬか？」

「はぁ、今は出かけておりますが……何用でございますか？」

「出かけておるとな。して、いつごろ戻る？」

「さあ、いつとは聞いておりませんで。女の用足しですから、まだしばらくは戻らないものと……」

「さようか、仕方あらんの。また出直すことはできんでの、ならばそなたに用件を申しつかわすことにする」

胸騒ぎを覚えながら、丈一郎は御表使の用件をうかがうことにした。戸口先ではできない話と、奥の居間で話を聞くことにする。

碁盤を片づけ、丈一郎と御表使が向かい合った。警護侍二人は、三宅の背後に控えている。

「さて、ご用件とは……？」

居住まいを正して、丈一郎がさっそく問うた。

「実はの……」

御表使の三宅の話を聞いていくうち、丈一郎の顔色が見る間に変化していく。仰天で真っ赤となって、事の重大さにどす黒く変わり、聞き終わると心ここにあらずとなって、丈一郎の顔面は青白くなった。面中から汗が滴《したた》り落ち、体全体に、小さく震えも帯びている。瞳孔《どうこう》が定まらずあらぬ方向を向き、目は虚ろである。滅多に見せぬ、丈一郎の呆然とした姿であった。

「……ということでの、しかとそなたに申しつけたであるぞ」

問答無用とばかり、厳《げん》とした口調で御表使の口上《こうじょう》は結ばれた。

「ふぁっ」

返す言葉も出てこない。丈一郎の、ため息とも取れるような返事であった。

「それでは、お城に戻るとするかえ」

警護の侍二人を従え、三宅が部屋から出ていく。丈一郎は、立ち上がることもできずに、その場で大奥からの使者たちを見送った。それから半刻ほどして、音乃と律が戻ってきたのである。

御表使三宅の話によると、音乃を召し抱える大奥での部屋は、呉服の間だという。となると、単なる下働きの部屋付ではない。呉服の間は、将軍の衣服を繕《つくろ》うところである。将軍の目に止まる機会も多く、御中臈《おちゅうろう》に出世し、お手付きとなって側室《そくしつ》となる最短の経路といわれている。

「どこかで音乃が、上様の目に止まったみたいなのだな」

「上様の、目に止まったとは……お会いしたこともございませんのに」

音乃の、これ以上の困惑はないといった表情であった。

「どうやら、幕閣の誰かが音乃のことを上様に言上《ごんじょう》したらしい。江戸広しといえど、あれほど才色兼備の女はいないなどと、余計なことをな。絵師に音乃の姿絵を画《か》かせ、それをご覧になったとのことだ。すると上様は、すぐに連れてこいと言ったそうだ」

ときの将軍は性豪で知られた、第十一代徳川《とくがわ》家斉である。家斉は、この年文政八年までに、正妻一人と十六人の側室に、二十六男二十六女の子供を産ませている。このほかにも、表に出ない妾女《しょうじょ》と隠匿されたご落胤《らくいん》はいく人いるか分からないとされている。それでもまだ、側女《そばめ》を欲しがる。正式な側室の候補として、音乃に白刃《しらは》の矢が立ったのだ。

「音乃は後家《ごけ》だと言ったのだが、ご使者は聞く耳もたん。人妻だろうが後家だろうが生娘《きむすめ》だろうが、上様が気に入れば、そんなことはおかまいなしってことだ。けんもほろろにつっ返された。それどころか、御表使が言うには、十日後に城から迎えを寄こすので、それまでに身辺の整理をしておくようにとのことだ」

一度語り出すと堰《せき》を切ったように、丈一郎は一気に語った。

十日後に迎えが来るとすれば、実質は中九日しかない。

「お断りすることはできませんので……？」

首を振りながら、か細い声音で音乃が問うた。

「わしもそれを問おうとしたが、その前に『断じて、断りはならん！』と、声高《こわだか》に釘を刺された。反論は、いかなることがあっても絶対に口に出せんのだ」

将軍直々《じきじき》の望みに、いやだと、面と向かって断れる者はこの国には誰もいない。阻止できるとすれば、出家して尼になるか、死ぬ以外にはないのだ。

「うぅー。音乃が、綺麗《きれい》すぎるからいけないのよ」

律が嗚咽《おえつ》を漏らしながら、辛みを言った。

「律、泣くではない。これは、音乃の名誉でもあるのだ。もう、わしらの手がおよぶところではない。こうとなったら、気持ちよく送り出してやるのが、わしらの務めだろうよ」

律をなだめる口調で、丈一郎が言う。だが、いやいやと、駄々《だだ》をこねるように律の首が振られている。

「うーむ、聞き分けがない。このおれだって、つらいのだ」

天井を向いて、丈一郎が苦悶に顔を歪めている。

定町廻《じょうまちまわ》り同心であった音乃の夫、巽真之介《しんのすけ》が夜盗の凶刃《きょうじん》で命を失ってからすでに一年半ほどが経っている。それ以後音乃は、夫真之介の遺志を継いで北町奉行所の影同心として、丈一郎と共にいくつかの事件を解決してきた。まだ二十三歳と若いが、後家となって一度実家に戻り、新たな嫁ぎ先を見つけようとの考えは、音乃にはさらさらない。一生巽家の嫁にあって、ずっと『閻魔《えんま》の女房』でいることが、音乃の生きがいとなっていた。それが、根底から崩れようとしている。

当の音乃の顔は真っ直ぐ前を見据え、その視線の先は松の盆栽に向いている。丈一郎が、いっとき疎《おろそ》かにしていた盆栽いじりだが、最近になって再び丹精込めている。その盆栽の枝ぶりが、真之介が生きていたときの、肩の張り具合に思え、凛々《りり》しい姿として音乃の目に映った。

「……真之介さま」

松の盆栽に目を向けて、音乃は呟くように言った。すると、松の枝がかすかに揺れたように、音乃には見えた。それが、音乃の気持ちにどのように響いたかは、定かでない。ただ、その表情には意を決めたような、信念が感じられた。それが、言葉となって出る。

「お義父さま、お義母さま……」

丈一郎と律に、交互に目を配りながら、音乃が語りかける。

「わたし、大奥などにはまいりません。いつまでも巽家《ここ》におります」

音乃が、はっきりとした口調で言い切った。

「そうは言うけどな、音乃。おれだって、いさせてやりたいがの」

丈一郎の、無念そうな口調である。

「お断りできないのは重々承知しております。お義父さまも、ご使者から話を聞いてさぞやお困りになったとお察しいたします。わたしのことで、お気を煩《わずら》わせて申しわけございません。ですが、ご心配なく。わたしは巽家を出ていく気は毛頭ございませんし、真之介さまも許してくれません」

「真之介がかい？」

「はい、お義母さま。真之介さまの声が、はっきりとわたしの耳に聞こえました。大奥なんかに行くなと……」

音乃の話に、律は頭を上げてあたりを見回した。しかし、律の目には真之介の姿が映るはずもない。

「真之介さまは、わたしの心の奥でずっと生きつづけております。どんなにお偉い将軍様でしょうが、二人の間には絶対に割り込むことなどできません」

毅然たる口調に、音乃の真意が伝わってくる。

「しかしなあ……」

断るということは、江戸幕府を敵に回すことでもある。丈一郎がうろたえる気持ちは、音乃にも充分すぎるほど分かっている。

「ご使者が再び来るまで、十日あります。どうしたらお断りできるか、それまで考えましょう」

「考えましょうなどと、気軽に言ってもなあ。音乃は、いったいどうしようってのだ？」

イライラが募《つの》ったような表情で、丈一郎が言った。

「そりゃおれだって、音乃にはずっといてもらいたい。そして、いつまでも北町奉行所影同心の使命を果たしていきたい。それが生きがいとあるならば、音乃を手放すことなどできんのよ」

「私だって、そうですよ。音乃は嫁というより今では実の娘……いや、真之介自身と思うときもあります。それが、声も届かぬ遥か遠くに行くなんて、絶対にいやです」

律も、夫に同調する。

「だがな、音乃。大奥……いや、上様の望みとあらばどうやって抗《あらが》うってのだ？」

三人の思いは同じであるも、将軍を相手にするとなると、いかんともしがたい。生《なま》半可《はんか》な事情では、到底《とうてい》断ることは叶《かな》わないのだ。それと、免じてもらえるほどの良案を浮かべるには、十日の期限はあまりにも短い。口では強気になっても、音乃の心の中には、不安がしこりとして残った。

「はぁー」

三人そろってため息を吐《つ》いても、ときだけはやたらと早く過ぎていく。何ごとも手につかず半日が過ぎ、その日の夕刻を迎えた。

三

気がつくと、外は薄暗くなっている。

初秋の日の入りは、ことさら早く感じるものだ。夕七ツを報せる鐘が鳴ってから、久しい。夕餉《ゆうげ》の仕度に取り掛からなくてはならないときを迎えたが、律も音乃も勝手場に向かう気力さえ失っていた。

「律、腹が減ってきたな。夕飯の仕度をせんか」

丈一郎が、空腹の腹を撫でながら重い口を開いた。

「そうでした。お義母さま、そろそろ夕餉の……」

失意に打ちひしがれたままの律を、慰めるように音乃が口にしたところであった。

「ごめんくださいまし……」

戸口先から、聞き覚えのある声が聞こえてきた。

「……あの声は？」

音乃と丈一郎が、顔を見合わせ奇《く》しくも同じ呟きを漏らした。この数か月、聞いていない声音であった。音乃と丈一郎が、声音に身構えたのには意味があった。それだけで、北町奉行所筆頭与力梶村《かじむら》からの呼び出しと、知れたからだ。

「また何かお指図でも……」

音乃が一人、戸口先へと向かった。そして、すぐに戻ると、丈一郎に向けて告げる。

「やはり、梶村様からのお呼びでございました。すぐに来られたしとの仰《おお》せです」

使者からは、用件の中身までは伝わってこない。

「こんなときに、間《ま》が悪いな」

丈一郎の口から、ぼやきが漏れた。

北町奉行所の手がおよばぬ難事件に携《たずさ》わるのが、音乃と丈一郎に課せられた影同心の使命である。もし、事件探索を命じられたとしても、はたして中九日内に解決できるだろうか。そこに音乃と丈一郎の憂いがあった。

「とにかく行って、梶村様の話を聞かんとな」

急ぎとあらば、何をさし置いても駆けつけなくてはならない。脳裏に燻《くすぶ》る憂いを振り払い、音乃は身仕度を整えた。

梶村の使者を先に帰し、すぐあとを追うように音乃と丈一郎は巽家をあとにした。

「密命とあったとしても、いかほどの事件かな？」

足を急《せ》かせながら、丈一郎が口にする。たった九日で解決できる簡単な事件など、これまでになかった。そんな不安がこもる、丈一郎の口調であった。

「さあ、梶村様から聞いてみませんと。もしや、わたくし最後のご奉公になるかもしれません」

「何を言っておる、音乃は。先刻は、大奥など行かぬと申したではないか」

「そうは申しましたが……」

将軍側室から逃れる、これといった妙案も見つからず、音乃の自信は揺らぐ一方であった。

気持ちがこれほど錯綜《さくそう》したことはない。いくら才色が兼備しているといっても、将軍家斉の眷顧《けんこ》を覆《くつがえ》すほどの事由は、そう簡単には思い浮かばない。

「まあいい。とにかく、梶村様の話を聞いてからだ」

「そういたしましょう」

語りながら二人は、梶村の屋敷の門前に立つと、一つ呼吸を整えてから脇門を開けた。

玄関先で、梶村の下男である又次郎《またじろう》が出迎える。

「お待ちでございます」

いつもの御用部屋に案内され、音乃と丈一郎は並んで梶村が来るのを待った。

さして待つこともなく、梶村が襖を開けて入ってきた。

「すまぬな、急に呼び出したりして」

「いえ……」

何ごとかと、気持ちは動揺するものの、表向きの平静は保たなくてはならない。小さく首を振り、丈一郎が返した。

「それにしても、久しぶりであるな」

「はい。前の事件から、三月《みつき》は挟んでいるものと……」

「もう、そんなになるか。そういえば、以前は違法の薬物の件であったな。おかげで痲薬《まやく》の蔓延を抑えることができた。二人が解決してくれなかったら、今ごろこの国は大変なことになっていたぞ。隣国の清《しん》みたいにな」

阿片《あへん》が蔓延する清国を引き合いに出し、梶村が大仰《おおぎょう》に言った。

「そんなこともございました。して、このたびは……？」

梶村の用件を早く知りたい。音乃は急く気持ちで、先を促《せ》した。

「そうであったな。しかし、ここでは用件を語ることができん」

「はっ？　と、おっしゃられますと……」

訝しげな顔で、丈一郎が問うた。

「実は、拙者も用件の中身を知らんのだよ。直々に、お奉行が二人に伝えるというのでな。そこで、明日の夕刻に都合をつけてもらいたい。それも奉行所ではなく、お奉行の別宅まで来てくれとの仰せだ。お奉行の別宅は、本所《ほんじょ》回向院《えこういん》の北側にある。そこで、直々に話を聞くことにする。むろん、拙者も同席する。このたびの件は、絶対に外には漏らすことのできぬ、それほど重要な案件らしい。心して、かからんとな」

今のところ梶村の用件は、これだけであった。もっと深く知らなくては、なんと返事をしてよいか分からない。そんな戸惑いが、音乃の顔つきに表れていた。

「音乃、どうかしたのか？　先ほどから、顔色がすぐれんようだが」

梶村の問いに、音乃は迷った。大奥の件《くだり》を語ってよいものかどうかを。

脇に座る丈一郎に尋ねるように、音乃は横を向いた。顔を顰《しか》めて、丈一郎が考えている。音乃と同じ迷いが、丈一郎の脳裏にもよぎっているようだ。

「丈一郎も、なんだかおかしいな。二人とも、いつもと様子が違っておるぞ。いったい、何があったというのだ？」

さすが町奉行所筆頭与力の眼力である。二人の様子の変化を、つぶさにとらえていた。

丈一郎の小さなうなずきが、音乃の目に入った。ここは、梶村に事情を知っておいてもらったほうが得策と音乃は取った。気持ちを固め、音乃は小さくうなずきを返した。

「わしから話そう。実は、梶村様……」

音乃からは言いづらかろうと、丈一郎の語りが梶村に向いた。

「何があったと申す？」

梶村がいく分前屈みとなって、丈一郎の話に耳を近づけた。

「本日の昼過ぎに、千代田城の大奥からご使者がまいりまして……」

「大奥からだと?」

「そのご使者の用件と申しますのは……」

丈一郎の口から、経緯《いきさつ》が語られる。話を聞いているうち、見る間に梶村の顔色が変わっていくのが分かる。とくに、将軍家斉の眷顧の件では、梶村の口は開いたまんまとなった。声すら出せず、呆けた様子は誰しも同じであった。

「という事情《わけ》でして、音乃に残されたときはあと十日、いや中九日ばかりでございます」

「正味九日しかないのか……だが、それも明日は一日食われてしまう」

奉行榊原から密命が下るのは、明日の夕刻であるからだ。となると、実質は八日しかない。

梶村の、重い口であった。脇息《きょうそく》に上半身をもたれ、うつむきながら考える梶村の様子を、音乃は黙って見据えている。

「はてさて、困ったものだ」

しかし、梶村からは妙案となるような助言はなかなか出てこない。ただただ困惑する呟きが、繰言《くりごと》のように吐《つ》いて出るだけであった。

三人の言葉が途切れ、四半刻ほどが経った。

「ここはやはり、お奉行に相談をもちかける以外にないな」

ようやく梶村の口から、打開策らしきものが出た。しかし、丈一郎の首は小さく横に振られる。

「梶村様。お言葉を返すようですが、お奉行様は幕府寄りのお立場。上様へ音乃を勧める言上は、とある幕閣の申し出と聞きおよんでおります。そのお方がどなたかは存じませんが、それが本当の話とすれば、いかなる歎願をもってしても覆《くつがえ》すのは難しかろうと」

負の思考に、丈一郎は陥《おちい》っている。

「そんなことは分かっている。だがな、たとえ見込みが万分の一だとしても、覆すことができるのはお奉行しか見えてこんのよ。俺たちじゃ、上様の顔すら拝めんのだぞ」

「やはり、お奉行様に懸ける以外に、打つ手はございませんですか」

「とりあえず、お奉行に打ち明け、打開策を考えていただくより音乃を助ける道はなかろう」

助ける道と言った梶村の言葉に、音乃は断崖絶壁の上に立たされたような心持ちとなった。

ときの北町奉行榊原主計頭《かずえのかみ》忠之は、一廉《ひとかど》の人物であることは音乃も認めるところだ。いざとなれば頼りになろうが、はたしてどこまで将軍家斉に話が通じるだろうか。家斉の機嫌によっては、逆に罷免すらもありえる。万が一、忠之が北町奉行の職を降ろされたら、影同心もそこで潰《つい》える。榊原には、もっともっと長く北町奉行でいてもらわなくてはならないのだ。

「お奉行様に、ご迷惑はかけられません」

音乃の思いが、言葉となって出た。

「だがな、音乃。お奉行様に頼る以外、ほかに道はないのだぞ」

口にしたのは、丈一郎であった。梶村の話に賛同する立場を取った。

「とりあえず明日、お奉行様の密命をうかがった上で判断をしとう存じます」

音乃が、この場の思いを自らの口で言った。

「分かった。ここであれこれ言っていても、らちがあかん。音乃が言うとおり、お奉行からの指図を待って、それから相談をかけるとしよう」

だが、奉行榊原に目通りするのは明日の夕刻である。残り九日の内、貴重な一日を無駄に過ごすことになるが、いかんともしがたい。

じたばたしても仕方がないと、翌日は気を落ち着かせることだけで、音乃は一日を費やした。半日は丈一郎の囲碁の相手をし、もう半日は買ってきた反物を広げ、寸法と柄《がら》合わせで過ごした。そして、夕刻を迎える。

四

本所回向院の北側に、榊原忠之の別宅がある。

両国橋の先まで、源三《げんぞう》の漕ぐ舟に乗って向かうことにした。以前、丈一郎が岡っ引きとして使っていた源三が、今は舟玄《ふなげん》という船宿で船頭として働いている。影同心の一員として、源三はなくてはならない存在であるが、大奥の件は榊原の用件を聞くまで伏せておくことにした。気煩《きわずら》いで、舟の操作を誤ってはまずいと思ったからだ。

西空が茜《あかね》色に染まる夕焼けを背景にしての川上りは、それなりの情緒がある。しかし、夕映えの空とは裏腹に、音乃の気持ちの中はどんよりと曇っていた。

「どうかしたんですかい音乃さん？　なんだか、浮かねえ顔して……」

音乃の気持ちを見透かしたか、源三が艫《とも》で櫓《ろ》を漕ぎながら問いかけた。

「いえ、なんでもございません」

この日に限り、ずっと音乃の顔から笑みが消えている。

「なんだか、音乃さんらしくねえな」

源三の呟きは大川の川風に飛ばされ、音乃の耳に届いてはいない。気になった分、源三の櫓を漕ぐ手が遅くなった。

「ちょっと急いでくれねえか、源三。もうすぐ暮六ツが来ちまう」

丈一郎が、源三の手を急《せ》かせた。

「へえ、かしこまりやした」

源三の動かす手が速くなり、櫓の軋《きし》む音が小刻みに聞こえてくるようになった。

源三を両国橋袂近くの船宿に待たせ、音乃と丈一郎は別宅の門を潜《くぐ》った。下男が出迎え、邸内へと誘《いざな》う。

本所の別宅は、束の間の休息が取れたとき、たまに榊原が訪れる屋敷だと下男の語りがあった。

気持ちが安らぐようにと侘《わ》び寂《さ》びが利いた、粋人が好むような数寄屋造《すきやづく》りで設《しつら》えられた瀟洒《しょうしゃ》な母家《おもや》である。裏庭のほうから、鹿威《ししおど》しの乾いた音が聞こえてくる。そここに、風流の趣向が垣間《かいま》見える別宅であった。

「巽様がおみえになりました」

下男が襖越しに声をかけた。

「おう、来たか。いいから入りなさい」

久しぶりに聞く榊原の声音が、内側から聞こえてきた。丈一郎と音乃は廊下に立って、下男が襖を開けるのを待った。

通された部屋は床の間があり、一幅の書が掛かっている。六畳間の中ほどに小さな炉が切ってあり、茶室の造りとなっている。

客をもてなす点前座《てまえざ》に榊原忠之が座り、炉の脇には梶村がいる。すでに茶を一服、点《た》てられたあとのようだ。

茶道の作法に則《のっと》り、音乃は床の間に掛かる書を褒めてから客座についた。茶道に疎《うと》い丈一郎は、音乃を真似《まね》るが動作がぎこちない。

「ごらんのとおり、この茶室にはにじり口はない。正式な茶道ではないのでな、作法などはまったくかまわない。まずは気楽にしてくれ」

とは言うものの、榊原は裏千家の作法どおりに茶釜から湯を取り、由緒ありそうな骨董の茶碗に茶を点《た》てると、丈一郎の膝元にさし出した。無粋な丈一郎は、茶道など習ったことがない。町方同心の時代は仕事にかまけ、風流どころではなかった。囲碁さえも、最近になって覚えたことだ。丈一郎は茶碗を手に取るとぐっと一息、二人分点てられた茶を、一人でもってすべて呑み干した。

茶の苦味《にがみ》でか、丈一郎がいく分顔を顰《しか》めている。

「……お義父さま」

音乃が無作法をたしなめようとするも、丈一郎は意に介していない。

「けっこうなお点前で……」

言葉くらいは知っているようだ。その様に、音乃はクスリと笑いを漏らした。この日初めての、音乃の笑みであった。

「まあよい、まあよい……」

榊原も、笑顔で丈一郎を見やっている。

茶点てを済ませると、榊原は粋人から北町奉行へと面相が変わった。

「今日はご苦労であった。音乃も丈一郎も久しぶりであるな」

榊原は、必ず音乃の名を先にして言う。奉行の気に入りは音乃だと、丈一郎は端《はな》から心得ている。

「はい。お奉行様もご息災で何より。でも、なんだかお疲れのご様子ですが……」

奉行榊原に向かい、こんな気安い口を利ける女は、奥方以外に音乃をおいてほかにはいない。

「また音乃たちを煩《わずら》わせるようなことがあってな、気苦労が耐えんものよ」

珍しく榊原の口から、愚痴《ぐち》らしき言葉が吐かれた。すでに還暦《かんれき》の六十歳を迎えた榊原忠之も、さすがに若いときほどの気力は失せてきている。北町奉行に就任してから六年目となるが、それでも老体に鞭打つように激務に耐えている様が、ひしひしとうかがえる。榊原とは八歳も若い丈一郎は、負けてはならじと背筋を伸ばして向き合っている。

「近くに寄れ」

榊原が手招きをすると、四人は小声で話ができるほどに近づいた。榊原と梶村が並んで座り、炉を挟み三尺の間を空けて、音乃と丈一郎は向かい合った。

「今日来てもらったのはだな……」

榊原の話が、いよいよ本題に入る。音乃と丈一郎、そして梶村がそろって居住まいを正した。大奥のことは、とりあえずそれを聞いたあとに切り出そうと、昨日の三人の話の中で決めてある。

「その前に、今度の案件はいささか手強《てごわ》そうなのだが、どうだ音乃、できるか？」

「できるかと問われましても、どんな事かお聞きしませんと返事のしようがございません」

手強そうと聞いて、胸の内にドキリとした衝撃を感じたが、平静さを装い音乃は返した。

「それはそうだ。今回のことも、まったく雲をつかむような話での、音乃と丈一郎をおいて探れる者はおらんとみておる。幕閣や目付《めつけ》にも内密にせねばならんし、むろん、町奉行所が探索できるものでもない。しかし、これはそんじょそこらの密命とはまったく異なる、重い意味をなす案件だ。話を聞いてからできないでは、済まされんのだ。いつぞやの、墓荒らしを探れなどといった、そんな小さなこととはまったく違う、たいへん由々《ゆゆ》しき事案といってよい」

案件を語る前に榊原は、音乃と丈一郎の覚悟を聞く肚《はら》であった。

「もし、解決できなかった場合はどうなされますか、お奉行？」

梶村が、榊原の顔色をうかがうようにして訊いた。

「そうだな。ほかのことならともかく、この案件を少しでも齧《かじ》った以上は、失敗は絶対に許されん。もししくじったら、口を封じなければならんだろうな。それほど重き事ってことだ。それゆえ、あらかじめ申しておくのだ」

「口封じとは、まさか……？」

梶村の顔色が、青白く変わった。

「わしの口からは、まさか死ねとは言えん。だが、他所《よそ》の者からつけ狙われるのは覚悟せんといかんだろうな。もっとも、探索をするうちにも、いろいろな危険がつきまとうだろうが」

榊原の話では、昨日の三人の決め事が、とんでもなく甘く感じられる。話を聞いてからどう動こうかなどと、悠長なことは言ってられなかったのだ。

こと細かな内容まではまだ知れないが、これまでの榊原の話では九日、いや一日は無駄に減っているので、八日以内となっている。そんな期限内に片づけられるものでは、到底なさそうだ。途中での撤収なんて、とんでもない。

これは、先に断りを言ったほうが賢明だという気になってくる。大奥の件も脳裏《のうり》に絡み、三人の肩が同時にガクリと落ちた。

「おや、どうした？　三人そろって肩など落とし……」

「お奉行に申し上げまする」

傍《かたわ》らに座る梶村の顔が、榊原に向いた。

「おう、梶村から何かあるか？」

「はっ。実は音乃は……」

「梶村様」

事情を語ろうとする梶村の言葉を、音乃が止めた。

「いや音乃、やはり無理だ。幕閣にも内密という事案を聞いたあとからでは、もう遅い。退《ひ》くに退けなくなるぞ」

外部に漏らさぬのが密命である。内容を聞いたあとにできませんでは、口封じという事態もありうるのが密命の倣《なら》いである。そこを梶村は気にした。

梶村と音乃のやり取りを、榊原が眉根を寄せて不可解そうに聞いている。

「おぬしら、何をわしに隠しておる？　いいから梶村、話せ」

「はっ」

榊原の厳命に、梶村は小さく頭を下げた。音乃と丈一郎は、口を挟むこともできず、黙って聞き入るほかにない。

「実は、音乃のもとに……」

梶村の口から、大奥からの使者来訪の経緯が語られた。

「なんだとぉー」

語りを聞くうち、榊原も同様に顔色の変化が生じている。唖然とする声が、半分開いた口から漏れた。「ふーっ」と一息ついて、梶村の語りを聞き終わった。

「そんな大事な話を、なんで梶村は今まで黙っておった？」

「はっ。お奉行の案件を聞いたあとでこの話をしようと、きのう三人で決めましたところで。ですが、今しがたのお奉行のお話では、これは無理だと思いました次第で。口封じをされる前に、お断りしたほうが……」

「どんな案件だって、たった八日か九日では無理があろう。よし、この件は誰かほかの者を探して……しかし、これといった者が浮かんでこないな」

榊原の面相が、困惑の表情となった。

「お奉行から、上様へ言上できませぬか？」

梶村が、恐る恐るといった様相で問うた。

「音乃の召し出しを、やめるようにか？　上様のたってのお望みとあらば、そいつはできんな。しかも、誰だか知らんが幕閣からの言上とあらば、なおさら三奉行ごときでは話にならん。まったく、歯がゆいものよ」

さすがの榊原も、お手上げといったところだ。吐き捨てるように、言葉を締めたそこに、

「お奉行様に申し上げまする」

音乃が畳に手をつき、顔を伏した。

「いいから面《おもて》を上げて、言いたいことを言いなさい」

無駄だと思えど、一応は話を聞く。そこが榊原の懐《ふところ》が大きいところだと、音乃と丈一郎は常々感心をしている。こういう男の指図だから、音乃も喜んで引き受ける気になる。

榊原の男気に、音乃は賭けた。

「その案件というのを、お聞かせ願えますか？」

「音乃、それを聞いたら最後までやり通さなくてはならなくなるぞ。途中で、放り出すことはできんのだ」

音乃に言い聞かす、梶村の口調であった。

「はい。どんなに無理でも、やり抜く覚悟でございます」

「音乃……」

無茶はよせと、丈一郎は口にしようとするのを既《すん》で止めた。

——何か、音乃に考えがありそうだ。

音乃の肚《はら》の内を、丈一郎は見越したからだ。

「その代わりと申してはなんですが……」

音乃は、条件を提示することにした。

「その代わりとは、何か？」

「事案が何か分かりませんが、もしそれを無事に解決できましたら、何とぞ上様にわたしをあきらめるよう言上していただきたく……」

「何を言っておる、音乃。お奉行がそんなことできるはずないと、今しがたおっしゃったばかりでないか」

まなじりを吊り上げ、梶村が音乃の口を止めた。

「いいから梶村は黙っておれ。実はわしも、音乃が大奥に召されることなど大反対である。大奥の奥の奥に音乃を追いやるなんて、江戸の町にとって損失もはなはだしいからな。かといって、どういたそうかと気を揉んでいたところだ」

「でしたら何とぞ、密命をお遣わしくださいませ」

「拙者からも、是非……」

音乃のあとを、丈一郎が押した。

「大奥の迎えが来るまで、解決できなかったらどうする？」

榊原の問いに、音乃はきっぱりとした口調で返す。

「大奥に行くくらいなら、潔《いさぎよ》く真之介さまのもとにまいります。いかようにも、口封じをなさってくださいませ」

「拙者も、然《しか》り！」

音乃と丈一郎の覚悟が、北町奉行榊原忠之に向いた。それに突き動かされたか、

「よし、分かった。音乃と丈一郎がもしこの案件を解決してくれたら、命を賭してわしから上様に言上しようではないか」

榊原も、覚悟を口に出した。

「もし、探りの途中で音乃がいなくなっても、お奉行はよろしいので？」

「よろしくはないが、今はこの二人の覚悟に頼る以外になかろう。それとも何か、梶村はこの音乃たちを信用できんというのか？」

「いや、滅相もございません。拙者は、どれほどこの二人に助けられたか、身をもって知っております。それゆえに、密命を仕損じたときの、音乃と丈一郎の身を案じているのです」

町奉行所与力の立場でなく、仲間として梶村は結果を恐れているようだ。

「だったら梶村、おぬしも死ぬ覚悟をもってくれ。話を聞いた以上、口封じをせねばならんからな。むろん、わしも腹を切るつもりだ。四人そろって地獄に行って、真之介の裁きを受けようではないか」

「お奉行が、それほどおっしゃいますなら……」

梶村が、大きく頭を下げて得心の態度を示した。

「お奉行様が、真之介さまのお裁きを受けますので？　それって、逆では……」

榊原の言葉に、音乃が目を瞠《みは》って問うた。

「地獄では、先に行った者のほうが偉いのだ。この世の地位なんてのは、まったく関わりあらん。どんなに偉い将軍様だって、無茶な大砲飛ばして悪さをすりゃ、非人の褌担《ふんどしかつ》ぎにまで落とされるってものだ」

榊原の喩え話に、音乃は袖で笑いを隠した。

「早く行って見てみたいものです。将軍様の褌担ぎ……」

これで音乃の気持ちは、吹っ切れたようだ。

「よし、四人そろって覚悟を決めたな。それでは、案件というのを聞かせるとするか。その前に、もう一服茶を進ぜよう」

さらに気持ちを落ち着かせようと、榊原は四人分の茶を点てた。茶筅《ちゃせん》通しをする榊原の顔に、かすかな笑みが浮かんでいる。

五

榊原から密命が下されると、しばらくは誰も声が出せぬほど、茶室は静寂が支配した。

鹿威しの音だけが、しじまを通して耳に聞こえてくる。カツンと、ひと際高い音をきっかけにして、音乃の口が動いた。

「一つだけお尋ねしたいことが……」

「ああ、いいから申せ」

「今お聞きしたことは、たしかに誰の耳にも聞かせられないお話ですが、わたくしと義父上《ちちうえ》だけでは、やはり探りは困難に存じます」

「困難と言うが、もう引けぬのだぞ、音乃」

「分かっております、梶村様。別に引くつもりはございません。ただ、どうしてもあと二人の耳に入れておかなくては、探索は叶《かな》いません。それを、お許しいただきたく……」

「さもあろうな。して、誰にだ？」

榊原が、うなずきながら問うた。

「はい。ひとりは、義母上《ははうえ》でございます。この助けがないと、自在気ままに動くことができません。それと、もう一人はいつも手助けをしていただいている源三さんでございます。このお二人の力添えがないと……」

「そのことなら案ずるな、音乃。わしも、そのくらいは心得ておる。むろん、それ以外にも役に立ち、信頼のおける者がいれば力を貸してもらうがよい」

これで、榊原の同意は得られた。

「ほかに、問うことはないか？」

質疑といっても、案件の内容があまりにも漠然としている。問おうにも、その糸口さえ見つからぬ密命であった。

そんな糸口を見つけるだけでも、数日は要するであろう。聞かなければよかったと、今さらは言えない音乃と丈一郎であった。

榊原忠之から下された密命は、次の経緯《いきさつ》にあった。

遡《さかのぼ》ること、五日前――。

榊原忠之のもとに、一通の呼び出し状が届いた。それは、忠之の榊原家とは遠い縁続きに当たる、十五万石高田《たかだ》藩主榊原遠江守《とおとうみのかみ》政令《まさのり》からのものであった。

忠之は、元は織田信長《おだのぶなが》の弟、信包《のぶかね》につながる血筋だが、のちに榊原忠尭《ただたか》の養子になり旗本榊原家を継いでいた。その祖は高田藩榊原家の分家にあたり、藩主政令とは遠い縁筋で結ばれていた。そんな縁《えにし》と齢が近くもあり、榊原政令と忠之はかねてから、大名と旗本の身分を越えての親交があった。

書状の封を解き、忠之は文面を読んだ。

『内密に話したきことあり　至急上屋敷までご足労願いたく候』

と認《したた》めてあった。徳川家康《いえやす》の重鎮四天王の一人として君臨した榊原康政《やすまさ》を始祖とする譜代榊原家の上屋敷は、上野不忍池《うえのしのばずのいけ》から南西に当たる場所に広大な敷地を構えてあった。

至急とあっては、何をさし置いても駆けつけなくてはならない。忠之はその日の夕刻、のっぴきならぬ私事と側近に理由をつけ北町奉行所を抜け出した。密事とあっては、行き先すら知られてはならずと、忠之は途中で町駕籠を拾い高田藩榊原家上屋敷まで赴《おもむ》いた。門番には話が通っており、すぐに書院の接見の間へと案内された。待つことしばらく、襖が開き、

「――ご足労でしたな、忠之どの……」

と言って入ってきたのは、藩主政令一人であった。小姓や側近はいない。忠之に対する態度と言葉は、大名とは思えぬほど砕けている。忠之から畳半畳ほど近づいて向かい合った。

「遠路と申されましても、呉服橋《ごふくばし》御門の奉行所から。たいした道程でもございません。

来るときは、町駕籠を雇ってまいりました」

このときの忠之の出で立ちは、小袖の着流しに大小を腰に差し、深編み笠で面を隠す、町奉行という役どころを秘しての来訪であった。政令も袴をつけず、小袖の上に片袖の羽織を纏い、くつろぐ格好である。両者とも、身分違いによる堅苦しさはまったくなく、古くからの友であるかのような会話がなされている。ただし、言葉使いに、忠之は礼を失ってはいない。

「さて、こたびはいかようなご用件で……？」

忠之のほうから話を切り出した。

「うむ……」

と、一つうなずいて政令は腕を組む仕草となった。いく分の間を空《あ》け、おもむろに語りはじめる。

「これは忠之どのだからこそ、話をするのであるが……」

「内密の儀というようなことが書かれておりました。拙者もそれは、心得ておりまする」

政令を安心させるよう、忠之は一言挟んだ。

「それでは、近こう……」

政令が上体を前のめりにさせると、忠之もそれに倣った。膝元は三尺離れているが、顔面は一尺ほどに近づいている。

「由々《ゆゆ》しきことなのだが、幕府に謀反《むほん》を企てる輩《やから》がおるという話が余のもとに持ち込まれてな」

「謀反！」

前屈《まえかが》みであった忠之の体が起き、思わず声音を発した。

「声が大きいでござるよ、忠之どの」

周辺を人払いしているにもかかわらず、政令がたしなめた。

「申しわけありません。謀反と聞いてつい……ですが、なぜにそんな重要なことを町奉行である拙者に語られますか？　幕閣に話をもっていかれたほうが、よろしいのでは」

「それができんから、忠之どのに話をするのだ。頼りになるのは、貴殿をおいてほかに思い浮かばんでの」

忠之がなぜに自分かと、怪訝《けげん》な表情を浮かべた。

徳川幕府の転覆を謀《はか》る謀反など、開闢《かいびゃく》以来二百年経つが、およそ百七十年前の慶《けい》安《あん》四年に起きた、軍学者由井正雪《ゆいしょうせつ》の乱以外に聞いたことがない。窮民救済を旗印に掲げた、世にいわれる『慶安の変』であるが、たった四、五日で鎮圧されたことは江戸町民でも知っている有名な話である。

江戸幕府に反感を抱く者は数多《あまた》いるだろうが、今この時代、それを口に出す者は皆無ともいえる。

「謀反とあれば町奉行所としては、まったくの管轄外でどのように対処してよろしいものかと」

「だから相談だというのだ。一番問題なのは、絶対に外に漏れることなく、秘密裏に真相の解明に当たることができないかとな。そこが頭の痛いところであるのよ」

町奉行所が秘密裏に探索に当たるとすれば、隠密《おんみつ》廻り同心が思い浮かぶ。だが、榊原政令から出る話は、忠之にとって意外なものであった。

「そこで、ちょっと小耳に挟んだのだが、忠之どのは非公式に影同心という者を側《そば》に仕えさせているそうだが。ずいぶんと仕事ができ、頭が切れる者たちだそうな。それも、かなり美しい女御と聞いておるが」

「どなたから、そんなことを？」

「そっと、余にだけ教えてくれたお方がおってな。まあ、安心してくれ。余計なことは、絶対に外には漏らさん」

音乃たちのことを知っている幕閣の名を、忠之がすぐに思い出せるほどその数は少ない。話の出どころは、その内の一人とも思えるが、いずれにおいても忠之が敬える人物たちである。ここでは、それは誰かと問わずにおいた。

「子飼いとはいえませんが、町奉行所では表立って手が出せない案件を探らせております。これまでも、すでにいくつか事件を解決し、すこぶる役に立つ者たちであります」

「それは、頼もしい限りだ。ならば、その者たちを使って謀反の実態を暴くことはできんかの?」

「しかし、すでに町方同心の役目を退いた一介の浪人と、その義理の娘。幕府に弓を引くという大それた話に、いくら優れ者といえど、乗れますかどうか」

「とりあえず話を聞いてくれ。今しがた絶対の秘密裏と言ったのはだな、このことが幕府に知れたら、いくつかの大名家が取り潰しに遭うことになる。その数五、六家では済まんのでな」

「なんと! そんなにも多くのお大名が、謀反を企てているのですか?」

忠之としても、驚かざるを得ない。

「いや。謀反を企てているのは、大名たちそのものではないのだ」

「ならば、どういうことで？」

「どこの家中でも、不穏な家臣というのはいるものでの。某大名家の跳ねっ返りが企《たくら》み、あちこちで同志を募っているそうだ」

「藩士たちの、よからぬ企てということですか？」

「左様。身分の低い下級武士が何を思うか、いみじくも幕府に槍先を向けようとしている。その者たちが闇に潜《もぐ》って活動し、実態が把握できずに困っているとのことだ」

「でしたら怪しい者を捕え、暴露させれば……」

「それができんから、余のところに相談が来た。いや、相談というよりも愚痴だな。一人か二人捕まえ口を割らせたところで、かえって大騒動になって始末に負えんことになると。家臣が幕府転覆を企てていると知れたら、それこそお家に咎《とが》がおよぶので、迂闊《うかつ》には手が出せんとのことだ」

　家臣の謀反を放置したとの咎で、お家が改易《かいえき》となったら大名親族からその家臣、家族を含めれば数千、数万の者が路頭に迷うことになる。それが五、六家となれば国は大混乱に陥る。それだけは避けたいところだと言う。

「絶対に、未然に防がなくてはいかんだろうよ。幕府に知られる以前にな」

　政令が、口から泡を飛ばして訴えた。

「どちらから出たのです、そんな話……？」

「余の盟友ともいえる大名だ。だが、今のところすまんが、名を明かせられん」

「なぜに？」

「絶対に名を出さないでくれと、たっての望みだからだ。余も、その約束は守ってやろうと思っている。愚痴として聞いたのでな」

「それならば、なぜに拙者に話をもちかけられましたので？」

「よくよく考えたら、愚痴とはいえない。いつ、そんな大それた話が余の家臣のところに飛び火して来るか分らんのでな。いや、もう火がついてるかもしれんでの。そんな憂いもあって、忠之どのに相談をもちかけたのだ。そんなよからぬ火種が、炎上する前に消してもらいたいとな。これは、余からの頼みだと思ってもらえたらありがたい」

遠縁とあらば、忠之も断るのは難しい。名門榊原の本家から謀反人が出たとしたら、忠之のところにもなんらかの影響はあるはずだ。一族郎党まで断罪にと、そんな言葉がつきまとう。

「表沙汰にできないのは分かりましたが、ずいぶんと漠然とした話でいかに対処したらよろしいのかと」

引き受けるにしても、はたして音乃と丈一郎に話を持ちかけてよいものかどうかを、忠之は迷った。しばし、首を捻《ひね》り考えたところで、忠之はある一点に思いが至った。ここはどうしても、音乃にやらせたいところだと。

「殿は今しがた、下級の藩士と申されましたな？」

「言ったが」

「そんな、身分の低い者たちが寄り集まったとしても、いったい何ができましょうや。烏合《うごう》の衆が錆《さ》びた刀を振り回したところで、せいぜい雄叫《おたけ》びを挙げるくらいなものの……」

「ならば、放っておいてよいと言うのか？」

忠之の語りを、政令が遮《さえぎ》って問うた。その表情は、憂いが除けたような、晴れやかなものとなった。

「いや、その逆でございます。これは、放っておいてはならないものと考えます」

忠之の返しに、一瞬晴れた政令の顔が、再び曇ったものとなった。

「なぜに？」

「その下級武士の裏には、大きな後《うし》ろ盾《だて》が考えられます」

「後ろ盾だと。いったい、誰が？」

「そこで思いつくのが、財の力です」

「財の力とは？」

「武器を集めたり、同志を集めたりする資金のことです。先立つものがなければ、下級藩士の分際では、誰も謀反など思いつくものではないものと。となると、潤沢《じゅんたく》な資金に支えられているとも考えられます。つまりは、まず後ろ盾が誰かを、探り出すことが肝心かと」

「さすが忠之どのだ。鋭いところを突く」

「それぱかりではありませんぞ、殿。幕府を攻める武器という物を、どこから調達するのかも探らねばなりません」

「なるほど。火縄の鉄砲や槍をそろえるということか？」

太平の世の大名である。謀反といっても、それだけの武器しか思いつかない。

「いや、討幕を試みるならばそんな物では。大砲とか……そうですな、この二月幕府は『異国船打ち払い令』というのを発布しましたが、昨今この国の沖合いには異国の船が数多《あまた》出没しております。その中には大砲などを積んだ、戦《いくさ》用の大型船も接近しているようです。そんな異国の者と手を組んで武器を調達することも考えられます。となると、これは厄介《やっかい》かもしれませんな」

「異国が絡むとか。大変なことになってきたな」

「それはまだ拙者の憶測の域でありますが、充分に考えられるところです」

鎖国政策をとる日本にとって、無断での通商は禁止されている。下級藩士がしていることとはいえ、その取引きが露見しただけでも、主家《しゅか》の取り潰しは免れないだろう。

榊原政令の憂いが、さらに増したようだ。

「なんとかならんかの、忠之どの」

忠之自身だって、幕府の要職を与《あずか》る一人である。三奉行の一人となれば、幕閣ともいえる立場である。もしもこの件が明るみに出たら、謀反の成功失敗にかかわらず、幕府の大打撃になるのは目に見えている。幕閣の立場からも、忠之は決心をせねばなるまい。

ただ、音乃と丈一郎に仕事を振るにしては、あまりにも話が漠然としている。どこから探りを入れてよいか、指図がしづらいところだと、忠之は熟慮する。次の言葉が出るまで、少しの間があった。

「まずは、それが真実であるかどうかを見極めること。想像どおり、資金を出している者がいるとすれば、それがいったい誰かですな。もし、それが大名家でしたらこちらの手には負えませんが、商家の大富豪だとしたらこれは町奉行所の範疇《はんちゅう》ともなってきます」

「大名ではなかろう。どこも藩政には四苦八苦で、そんなに資金を持っている大名なんて、聞いたこともない。それに、謀反などとんでもない。今の大名ではどこも、金がないのでどうしようかと愚痴を言うのが精一杯だ」

「となると、豪商ということになりますかな」

大富豪ともなると、想像も絶するほどの財を持っていると聞く。それも考えられると、忠之は小さくうなずいた。相手がどれほどの豪商か分からない。だが、町人とあらば音乃と丈一郎でも充分対応できよう。しかも、それほどの巨額を出資できる大富豪は、江戸の中でも数えるほどしかいない。

──それを探るだけなら、さして難しいことでもあるまい。

その根っこを絶てば、謀反は収まると忠之は踏んだ。

忠之の脳裏に、音乃の麗《うるわ》しき顔が浮かんだ。かくして謀反探索の承諾に踏み切ったのであった。

六

榊原忠之から密命が下ったのは、三日前。

謀反の後ろ盾になる大富豪は誰か。当初から探索は、その一本に絞られていた。武器調達の資金が供出できるほどの財力をもつ豪商の、まずは三十傑を相撲の番付のようにして掲げた。

その筆頭に上げられるのは、呉服と両替商で名を馳せた越後屋三井《みつい》家。両替、廻船、酒造など多岐にわたる鴻池《こうのいけ》家。銅の製造と鉱山開発などに携わる住友《すみとも》家。材木で財を築いた紀伊國屋《きのくにや》、淀屋《よどや》の末裔。米商の大橋屋善三郎《おおはしやぜんざぶろう》に、札差の多賀屋七郎左衛門《たがやしちろうざえもん》などなど。

これまで丈一郎と源三、そして音乃が手分けをして、巨万の富をもつ大商人の三十家を調べてみたが、幕府に反旗を翻《ひるがえ》すような大富豪は誰一人としていない。むしろ幕府の御用達《ごようたし》として、成り上がってきた商人ばかりである。幕府転覆を望む理由が、三十傑からはまったく見つからない。

音乃は今、日本橋界隈を重点に歩いている。その周辺には大店《おおだな》がひしめいているからだ。

音乃に残された時限は、正味あと六日しかない。

暑い日射しが降り注ぐ中、豆絞りの手拭いで汗を拭きながら、音乃は大戸の閉まった呉服商丸高屋本店の前に立っていた。一休みのつもりもあって、音乃は建物の日陰に入った。

この日も朝から、大店の範囲を五十傑に広げて探《さぐ》りにあたっていた。

「……この、丸高屋さんは違うわよね」

強い日射しを避けながら、音乃は呆然と呟いた。ぼんやりと目にしているのは、大戸が閉まった丸高屋である。

讀売に破綻の記事が出るつい五日前までは、二十とはいえぬも、三十傑には入る大店であったが、今は対象から外れている。音乃が目にしている丸高屋は、大戸が閉まり、繁盛で店が栄えていたときの面影はもうない。

「なんで丸高屋さんはお店を閉めたのだろう？」

ぶつぶつと、独りごちながら音乃は考える。世間では、無理な出店で破綻をきたしたというのがもっぱらの噂であった。

丈一郎と源三も、別の区域を当たっているが、該当するような豪商は見つかっていない。そろそろこの探索を打ち切って、改めて別の方向から攻めようと決めていた。

その打ち合わせを、今夕することにしている。

昼八ツが過ぎ、日が西に傾くころとなった。日陰で休みを取り、汗も引いたことで音乃が動き出そうとしたところであった。

「あっ、あれは……？」

十五間ある間口《まぐち》の大戸の切り戸が開き、丸高屋の中から痩《や》せぎすの、商人風の男が出てきた。齢《とし》は五十歳半ばだろうか、唐桟織《とうざんお》りの小袖に、同色の羽織を纏うが上等な着物とはいえない。一見すると、大店の主としては質素ないでたちである。風貌に、それなりの貫禄は感じられない。

――ご主人ではなさそう。

丸高屋を訪れた客と判断した音乃は、気にも止めず歩き出そうとしたところであった。

男の背後で、丸高屋の手代らしき者が、深く腰を折って見送っている。

「行ってらっしゃいませ、旦那さま。あとはお任せください」

音乃の耳には、そんな風に聞こえた。

すると、痩せぎすの男が振り向き、

「明日の昼には戻るから、福富屋《ふくとみや》が来たら待たせておけ。あとは抜かりなく頼むぞ」

返す言葉は、甲高い声音であった。

「かしこまりました」

二人のやり取りが、何気なく音乃の耳に入った。

「あれが、丸高屋のご主人？」

表情は、破綻をきたした店の主とは思えぬほど穏やかである。むしろ、その顔には笑みさえも生じている。本当にそれが丸高屋の主だとしたら、もっと悲愴感が漂っていてもよかろう。音乃はその様子に不審を感じ、小首を傾げた。

――そういえば、不思議なことがある。

これほどの大店が潰れたとあれば、債権者もかなりの数がいるはずだ。財産の取り付け騒ぎが起きていないというのもおかしい。借金の取り立てが押し寄せ、今ごろは大勢の人が集まって大騒ぎをしているのが普通であろう。卸《おろ》した品物の代金が回収できず、問屋衆も駆けつけていてもよい。しかし、今はそんな客は誰一人来ていない様子である。昨日まで、女たちが反物を買い漁っていた喧騒と異なり、店先は水を打ったように静かであった。

「……それにしても、おかしい」

音乃は、ほかにも気づくことがあった。

本来店が潰れるというのは、債権者たちには見抜かれぬよう、秘密裏にしておくものではないだろうか。それを前もって、讀売の記事に載せて公《おおやけ》にするというのもおかしい。

「そんな破綻て、あるのかしらん？」

商売には素人である音乃が考えても、不可解さが先に立つ。

今しがた、店の中から出てきた男が丸高屋の主人と知ったのだ。調べない手はない。

「どこに行くのか、尾《つ》けてみよう」

潰《つぶ》れた丸高屋が、謀反に関わっているとは思えないものの、音乃を動かすのはその不可解さであった。

わずかな事でも疑いが生じれば、たとえ無駄とあっても探りを入れるのが鉄則だと、元定町廻り同心であった丈一郎から習っている。

大通りを一町ほど南に歩いたところで、丸高屋の主は、垂《たれ》が開いた空《から》の町駕籠を拾った。

「急いでくれ」

と言った声が、音乃の耳にも届いた。

「いけない……」

町駕籠に乗られては、音乃の足で追いかけるのは無理がある。エッホエッホと掛け声を上げて、町駕籠は走り去っていく。追いかけようと思うも、近くに町駕籠が見当たらない。遠ざかる町駕籠を、恨めしく見つめるだけであった。しかし、丸高屋の主人の行き先を、今は確かめることはできないが、店を調べることはできる。

――そういえば、こちらの奉公人たちは、どうしているのかしら？

番頭から小僧まで、大勢の奉公人を使っていた。その身の振り方も、音乃には気になるところだ。だが、主人を見送る手代の男も困った様子はなく、顔つきは穏やかであった。こんなところにも音乃は、腑に落ちぬものを感じていた。

そう、店が潰れたという深刻さが、外からはまったく見受けられないのだ。

――何か臭《にお》いを感じる。

それら一連が、音乃の嗅覚を刺激する。

「さて、どのようにして丸高屋を確かめようかしら？」

音乃が考えていると、そこは小間物屋の店先であった。

「……そうか」

一つうなずくと、音乃は店の中に入り男物の財布を購入した。一朱《しゅ》ほどの出費となったが、探索のためには仕方がない。音乃は買った財布を懐《ふところ》にしまうと、再び丸高屋の前に立った。

「ごめんください」

大きな声を発し、ドンドンと大きな音を立てて大戸を叩いた。するとすぐに、切戸が開き、二十半ばの手代と見られる男が出てきた。

「どちらさんで？」

音乃は、その奉公人に見覚えがあった。今しがた主を見送った男であり、先だっての在庫一掃処分で、押し合い圧《へ》し合いする女客を怒鳴り散らしていた男でもあった。たしか、治助と呼ばれていた。治助のほうは見覚えがないようで、訝しそうな顔を音乃に向けている。

「このお店、きょうはお休みなのですか？」

惚《とぼ》けた振りをして、音乃が問うた。

「知らなかったのかい。そこに貼り紙がしてあるように、この店はきのうを限りにして、畳んだのだ。もう、売り物は何も残ってないよ」

商人の手代としては、ずいぶんとぞんざいな口の利き方であった。店がなくなれば、客へのお愛想は必要ないといったところか。

「いえ、反物を買いに来たのではありません。それにしても、あんなに繁盛してたというのに、どうしてお店を畳むことになったのでしょう？」

「そんなこと、手前には分かるはずない。用事がないのなら、とっとと帰ってくれないか」

手代が、切戸を閉めようするのを、音乃は手で制した。

「それが、用事があるのです。先ほど五十も半ばの男の方が、この切戸を開けて出ていかれましたが……」

音乃は、わざともって回った言い方をした。少しでも長く手代と話し、丸高屋の様子を探りたかったからだ。手代と話をしている間にも、隙間から店内を見ることができる。しかし、店の中には誰も人がいないようで変わった様子はない。ただ、きのうまで陳列していたであろう品物はなく、ガランとした印象であった。

「それがどうしたので？」

手代の問いに音乃はすかさず、先ほど小間物屋で買った財布を、懐から取り出した。

「店の前に、これが落ちていたのです。もしや、先ほど出ていかれたお方の物ではないかと」

縞模様の財布を見せながら言った。

「いや、これは主の物と違うな。だいいち、中には一文の銭も入ってないし」

「あら、本当。他人《ひと》さまの物ですから、中身を見ないでおりました」

さらに惚けて、音乃は手代を相手にする。

「先ほど出ていかれましたのは、こちらのご主人さまですか」

「ああ、そうだが。五十も半ばと言うが、うちの旦那はああ見えてもまだ四十五だ」

十歳も見栄《みば》えが違うなんて、ずいぶんと老け込んでいると音乃は思った。

——それにしても、この奉公人。店がなくなったというのに、やけに落ち着いていた。

「お店がなくなり、これから治助さんはどうなさるのですか？」

少々、突っ込んだことを訊いてみた。すると、手代の驚く顔が、音乃に向いている。

「なんで手前の名を知ってる？」

「先だって反物を買いに来たとき、店の中から治助さんと呼ぶ声が聞こえてきたから」

「あっ、思い出した。あんたはたしか、四日前……」

「わたしを覚えておいでてでしたか？」

「ああ。群がる女の中じゃ、一際《ひときわ》目立ってたからな」

治助の、音乃を見る目が変わってきている。明らかに、女としてとらえる目つきになっていた。

「いやですよ、そんなに煽《おだ》てちゃ」

どうしたらこの治助から、いろいろ聞き出すことができるだろうか。媚《こび》を売りながらも、音乃の頭の中が回転をきたす。

――ここは一つ、踏み込んでみようかしら。

音乃は藁《わら》をもつかむ気持ちで、治助に近寄ることにした。その口実がすぐには思いつかず、できるならば、連れ出して詳しく話を聞きたい。

音乃の顔が下に向いた。すると、草履《ぞうり》の鼻緒が緩み、切れかかっている。この数日ずっと歩き通しでいれば、草履の傷《いた》みもあろうというものだ。

「どうかしたのかい?」

「ええ、鼻緒が切れそうなの。ああ、どうしよう……」

困惑した表情を、音乃は見せた。

「どれ、直してあげようか」

「ありがとう、助かります」

「店先じゃなんだ。中に入りな」

丸高屋の、内部の様子を探る絶好の機会が訪れた。

――しめた。

音乃が喜んだ矢先であった。

「おい治助。戸を開けて、そんなところで何をしているんだ？」

男の怒声が、外にいる音乃にも聞こえてきた。

「いけねえ、番頭さんに怒られちまった。すまんが、鼻緒は自分で直してくれ」

慌てた素振りで治助は店の中に入ると、ピシャリと音を立て切戸を閉めた。

「……せっかく、お店の中の様子が探れそうだったのに」

残念とばかりの呟きを、音乃は漏らした。

いつまでつっ立っていても仕方ないと、音乃は丸高屋の店先から離れることにした。

七

日本橋目抜き通りを南に向けて歩きながらも、音乃は考えていた。

「……何かおかしい」

頭の中は、丸高屋の店じまいである。わざわざ大繁盛している店を潰して、なんの得があるのか。

――道理がさっぱり分からない。

本人に訊くのが一番なのだが、駕籠に乗ってどこかに行ってしまった。それにしても、大店の主らしからぬ質素な形《なり》であった。それは、財を失った憂き目からではなく、普段からずっとその形《なり》で通しているように、音乃には見えた。四本の指に入るほどの呉服屋なのだから、もっと贅沢《ぜいたく》な物を身に纏っていてよさそうなものだ。

思えば、首を傾げるところが多々ある。今、音乃が知識として欲しいのは、大店の店じまいについてである。

「これほどの大店があっという間に潰れるなんて……誰か、そのへんのことに詳しい人はいないかしら?」

いつしか音乃は、日本橋の北詰めまで来ていた。考えながら歩くので、周囲への注意は散漫であった。人通りの多い大通りである。それでも他人にぶつかることなく、人の波を避けることはできている。

「音乃さん……」

名が呼ばれている気がして、音乃はわれに返った。声がどの方角から聞こえてきたのかまでは分からず、首を左右に振った。

「こちらですよ、音乃さん」

声がしたほうに顔を向けると、知った顔の小僧が笑顔を向けている。十五にもなろうかという商店の小僧であった。その脇に、五十歳前後の痩せぎすの男が立っている。

音乃は、二人とも見覚えがあった。

日本橋本石町《ほんこく》一丁目に店を出す古着商『赤札屋《あかふだや》』の主光三郎《みつさぶろう》と、奉公人の末吉《すえきち》であった。一年半ほど前、阿漕《あこぎ》な火盗改《かとうあらた》め方の同心から嫌がらせを受け、賄賂《まいない》をせがまれ難儀していたのを音乃は救ったことあった。

――あの方ならご同業。何か知ってるかもしれない。

同業といっても小さな古着屋であるが、渡りに舟とばかりに、音乃のほうから近づいていった。

「これは、赤札屋の旦那さまに末吉さん。ご無沙汰しております」

音乃は、主と小僧に向けて交互に会釈を送った。

「これは、音乃さんじゃないか。いつぞやは、世話になったな」

そのころは商売も立ち行かず意気消沈していたが、そのときと比べかなり潑剌《はつらつ》として精気が漲《みなぎ》っている。

「こんなところで会うとは奇遇だ。そうだ、どこかでめしでも食べんか。あのときの礼も言わなくてはならんし、何か旨《うま》いものでもご馳走するぞ」

光三郎のほうから誘ってくれた。音乃はありがたく受けることにする。ただし、さして時がないのと、夕方にかかっている。甘味茶屋で、茶を奢《おご》ってもらうことにした。茶屋の長床几《ながしょうぎ》に、音乃を真ん中にして三人が座る。

「今しがた、丸高屋さんに行きましたらお店が閉まってるのです。どうか、なされたのかしら？」

音乃はさっそく問うた。

「ああ、丸高屋さんか。世間じゃ潰れたと言ってるが、あれは破綻したのではないな。とにかく、半端ではない財産をもっているというのが、着物屋仲間でのもっぱらの噂だ」

「財産とは、いかほど……？」

「あくまでも、手前の推測だが、ん百……」

「えっ、たったそれだけですか？」

「いや、ん百のあとには万両とつく」

普通に考えれば大きな額だが、半端でない財産とまではいえない。

「ん百万両……ですか!」

音乃の声が裏返った。近くに座っていた、女と子供客が一斉に音乃のほうを向いた。

「ちょっと、声が大きいですね」

末吉が、音乃をたしなめた。

「ごめんなさい。なぜにそれほどの財産があって、丸高屋さんは破綻したのでしょう?」

その理由は大事なところだ。音乃は女客たちの話し声が邪魔と思いながらも、光三郎に耳を傾けた。

「今も言ったように、潰れたのではないだろうが、店を閉めた事情《わけ》を知っている者は誰もいない。おそらくこれは手前の憶測だが、どこかに身売りしたとも考えられる。奉公人たちが騒いでないのは、それも含め居抜きで売ったのだろうよ」

「どちらに?」

「いや、そいつは分からん。場合によっては、秘密裏に沽券《こけん》が売られることもあるからな」

沽券とは、店や屋敷の権利書と思えばよい。

「これだけのお店《たな》となると、いかほどで……?」

「数十万両は、下らんだろうな」

「すると、先ほどの、ん百万両にさらに、数十万両上乗せってことに？」

「いや、もう想像がつかん。それにしても、丸高屋の大旦那はたいしたものだ。あれだけの身代を築いても遊び一つ、贅沢すらしないできたのだからな。丸高屋さんみたいなあれほど大きな店なら、半年で五万とか十万両は儲けているはずだというのに」

「じゅ、十万両……ですか？」

あまりにも大きな額に、音乃の声は裏返った。

「そんなに驚くことはないさ。紀伊國屋文左衛門《ぶんざえもん》て人は、紀ノ国からみかんを運んだだけで、一夜のうちで百万両稼いだというからな。まあ、一夜というのは出まかせだろうが、遣《や》り手の大富豪にかかっては、そのくらいは朝めし前ってことだ。手前もあやかりたいが、到底太刀打ちできん」

「丸高屋のご主人て、すごいお方なのですね」

「ああ。丸高屋さんは、三井の越後屋とか白木屋、松坂屋さんと違って、まだ創業四十年と日が浅い。それでも今の二代目伝八郎《でんはちろう》さんがもの凄い遣り手でな、ほとんど一代であんな大店を築いたのだ」

あの痩せぎすで、貧相な形《なり》の主人の名が伝八郎と初めて音乃は知った。

「赤坂《あかさか》ではうちくらいの店だったのを、あっという間に十倍くらいの規模に育て、それからは破竹の勢いとなった」

「出身は、赤坂だったのですか？」

「ああ、間口三間ほどの小さな店だったと聞いている。十五歳で店を継いで、それからおよそ三十年で、あれだけの身代にしたってことだ」

「三十年でですか……」

せっかく築いた身代を、惜しげもなく閉鎖する。その理由《わけ》が、音乃の脳裏の中で一点に集中した。

――もしかしたら、謀反の後ろ盾となって、武器の調達……？

だとしたら、音乃がこれからやらなくてはならないのは、その裏づけを取ることだ。それも、人知れず秘密裏の内に。

光三郎たちと別れ、音乃が霊巌島の自宅に戻ったのは、暮六ツを報せる鐘が鳴っていく分過ぎたあたりであった。

「ただ今もどりました」

日本橋からずっと速足であった。戸口の遣戸を開けて声を中に飛ばすも、息が切れて声がうまく出ない。声の裏返りは、多分に気の高ぶりもあった。

「源三さん、来ているのね」

薄汚れた源三の雪駄《せった》が、そろえて三和土に置かれている。音乃は草履を脱ぐと丈一郎と律がいる部屋の襖越しに声をかけた。

「遅くなりました」

「音乃か、いいから入れ」

丈一郎の声に音乃は襖を開けると、源三の背中が見えた。

すでに夕餉の仕度は調えられている。四人の箱膳に載った料理は、律が用意したものだ。

「ずいぶんと遅かったが、何かつかんできたか？」

気持ちは切羽詰っている。音乃の顔を見るなり、丈一郎が問うた。それには、音乃は声に出さず、大きくうなずいて返した。

「あなた、焦る気持ちは分かりますが、落ち着いて食事を召し上がってからお話ししたらいかがですか」

律にたしなめられ、丈一郎の言葉は止まった。

いつもより早い、箸の進み具合であった。

やがて食事も済み、膳を片づけてから、律も含め四人は丸座となった。

「おれと源三は手分けして、今日は芝から品川《しながわ》のほうを回ってきた。だが、これといった大富豪はあっちのほうでは見つからん。やはりもう、この探索は打ち切りだなと、さっき源三と話していたところだ」

それでも丈一郎の表情は、澱《よど》んではいない。先に、音乃のうなずきを見ているからと取れる。

「それが、思わぬところからここではないかと……ですがまだ、はっきりと申し上げるのは早計と思われますが、七分方見当《けんとう》がついたと思われます」

「ほう、そこはどこだ？」

丈一郎が、体を前にせり出し問うた。上気《じょうき》のこもった、声音であった。

「丸高屋さん……」

「なんだって？」

聞こえが悪かったか、丈一郎が首を捻って訊き直した。

「丸高屋さんて、先だって反物を買いに行ったお店かい？」

律の耳は、屋号をとらえていた。

「丸高屋ってのは、潰れたのだろうよ」

首を振るって、丈一郎が不思議がる。

「とんでもございません。潰れたのではなく、わざとお店を潰したようです」

きっぱりとした口調で、音乃が返した。

「そんなことって、できるもんなのですかねえ」

商いには疎《うと》い源三も、その四角い顔を斜めに傾けている。

「できるというよりも、やるべくしてやったというような……」

「それってのは、以前からずっとその肚《はら》であったってことか？」

音乃の話を遮り、丈一郎が口を挟んだ。

「おそらくそのようで」

「どこから、そんなことを聞いてきたのだ？」

「日本橋本石町にある古着商の、赤札屋の光三郎さんです」

音乃は、光三郎から聞いた話をそのまま語って聞かせた。

語りが終わり、みなそれぞれ自分の考えに耽《ふけ》っている。

とりわけ律が胡乱《うろん》な目をして呆けているのは、話に出た金額の大きさからのようである。

「んびゃくまんりょう、んびゃくまんりょう……」と、呪文のように口から漏れている。

「お奉行様から出た、大富豪の後ろ盾というのは、丸高屋伝八郎と、十中八九思って間違いないな。たとえ違っていたとしても、もうここから探る以外に手はないだろう。こうなれば、一か八《ばち》かの勝負だ」

一つため息を吐いて、丈一郎が言葉にした。

「もう、丸高屋に絞るよりありませんね」

丁と出るか半と出るか、そんなことは言ってられない。一夜が明けたらあと六日しかないのだ。

第二章　ん百万両の行方

一

丸高屋伝八郎が、謀反の後ろ盾と前提にして話が進む。

「なぜに、そんな手の込んだことをするんでやすかねえ？」

源三が不思議そうに、四角い顔をしかめて訊いた。

「それはなんとも、相手に訊いてみないと分かりませんが、一つ言えることは謀反の実行が近くなったってことではないかしら。そのための、身辺整理とも考えられます」

「なるほどな。ん百万両貯まったところで、いよいよやるかってか」

「それにしても、もの凄くでけえ額ですね」

「ん百万両というのは、赤札屋の光三郎さんから出た話で、はっきりとしたところではありません。ですが、かなりの巨額であるのは確かでしょう」

「そんな金、反物《たんもの》を売ったくらいで、本当にできるものか？」

「身売りしたお金も相当入ったと思われます」

だがそれよりも、伝八郎の信念によるところが大きいと、音乃の考えはよぎる。

「……それにしても、あの旦那の質素な形《なり》」

相当な吝嗇《けち》と思っていたが、信念を抱いて何かを成し遂げるための節制だとしたら充分にうなずける。

たった十五歳で、家の商いを継いだと聞いた。

よほどの大望を若いころから抱き、目標を一点に絞り、一心不乱に突き進まなくては、それほどの財は蓄えられないだろう。そこまで考え、音乃の脳裏にふと思い当たることがあった。

「丸高屋の旦那さんの生い立ちから調べたら、意外と早く答に行き着くかもしれませんね」

音乃は、抱いた考えを語った。

「なるほどなあ。そうなると丸高屋の主は、若いときから幕府の転覆を目論《もくろ》んでいたってことか」

丈一郎が核心に触れたものの、決めつけるのはまだ早いとの反論は、誰からもなかった。

「謀反の後ろ盾だとしたら、そういうことになるでしょうねえ。若いころというより、もっと前かもしれません」

「子供のころってことか？」

「何か幼いころに、よほどのことがあったのでしょうか？」

丈一郎の問いに、遠方を見つめるような目をして、音乃が返した。

「どっちが先なんでやしょうかね？」

「源三さん。どっちが先とは、どういう意味でございましょう？」

「いやね、この謀反てのはどっちが言い出しっぺかってことでやすよ。大名家の家臣たちから持ちかけたのか、丸高屋かどうか分かりやせんが、大富豪のほうから募ったのかってことで。それによっては、ずいぶんとこの先の探りが違ってくるんじゃないかと」

「なるほど。源三の話には、一理あるな。だが、大名家というのがどこかさっぱり分からん。お奉行に話をもちかけた高田藩の榊原様も、家名には一切触れなかったというしな。まずは、丸高屋と定めてそこを徹底して当たるのが筋だと思うが、さてどうやって……」

残されたときは、あと六日しかない。それまでに、確たる裏づけを取らなくてはならない。兆《きざ》しが見えてきたものの、その先が深山幽谷のごとく深く抉《えぐ》れ、黒い霧が立ち込めているような音乃の心中であった。

源三が、鴨居《かもい》に目を向け首を傾げて考えている。

「何を考えてるんだい、源三？」

「いえね、旦那。大砲ってのは、一台いくらぐれえするもんかってね」

「大砲って一台といわず、一門二門て数えるのではないかしら」

音乃が、どうでもよい半畳を入れた。

「さいですか、すいませんねえ。それで、どのくれえで買えるのか？」

「さあ、おいくらなんでしょうか。一門百両……いや、千両くらいかしら。それに、砲弾もいるわね。一発いくらくらいするのかしら？」

博学な音乃でも、まったく知識の中にない。

「一発、十両もするんですかねえ？」

源三も、音乃に付き合って考えている。

「いっぱつじゅうりょう……」

律の声は、裏返っている。冷静なのは、丈一郎であった。

「そんな物、この国では売っておらんよ。鉄砲ですら幕府の許しなく造っていたら、謀反とみなされあっという間に潰されちまう。ましてや大砲なんてとんでもない。口にしただけで、殺されるぞ」

「すると、どちらから手に入れますので？」

音乃が、問うた。

「いや。手に入れることなど、まったく不可能であろう。となると、いくら資金があろうと大砲とかで、幕府を倒すのはできんてことだ」

「そうしやすと、この企ては土台無理ってことでやすね」

「ああ、そうだ。だが、実行しようがしまいが、企てたこと自体、許されんでな。これは絶対に突き止めて、止めさせなくてはならんことなのだ」

丈一郎の話に得心がいかないか、音乃が首を傾げている。

「どうした、音乃。何か、思うところがあるか？」

「はい、お義父《とう》さま。もし、武器の調達が無理だとしましたら、謀反はあきらめ、お店を閉めることはないと思われますが。あくまでも憶測ですが、身辺の整理をしたということは、ある程度その目論見が叶《かな》っているからではないかと」

「音乃は、武器の調達ができていると言うのか？」

「なんとも言えませんが、そちらも考えていてよいものかと」

謀反人を暴き出すより、未然に治めるのがこのたびの目的である。一切そのことが表沙汰にならぬよう、配慮をせねばならないのだが、武器調達が進んでいたとあらば事は急がなくてはならない。

「はたしてどこから……？」

武器を調達しているのか、音乃の頭の中に沸いた新たな疑問であった。

とにかく、丸高屋伝八郎に目星をつけたからには、早急に探らねばならない。まずはどうやって、大戸の閉まった丸高屋の内部に乗り込むか、話の中身はそこの一辺に向いた。

あと六日――。

昼前から、音乃は三たび丸高屋の店先に立っていた。

一度目は買い物で、二度目は何気なく、そして三度目は深く探るためである。

昼ごろに、伝八郎は戻ると言っていた。福富屋という客は、まだ来ていないのだろうか。半刻ほど音乃が待つ間に、そのような客の来訪はなかった。

やがて、正午《ひる》を報せる鐘が鳴り出したところで、町駕籠《かご》が大戸の前に横付けにされた。駕籠から下りたのは、明らかに昨日見かけた主の伝八郎であった。大戸の切戸は開けず、「今戻ったぞ」と戸を叩きながら中にひと声かけ、路地から裏へと廻った。母家《おもや》に入る裏門がある。その脇戸を、伝八郎が潜《くぐ》るのが見えた。音乃はすかさずあとを追ったが、すでに脇戸は閂《かんぬき》がしまり屋敷の中には入れない。音乃は仕方なく、裏門が見通せる物陰に身を潜《ひそ》めた。

待つ四半刻は、長く感じる。焦りが募るだけに、なおさらだ。

「……いつまで待たせるのかしら？」

じっとしていても、時だけは過ぎる。しかし、今ここを動くわけにはいかない。音乃は、情勢が動くのを信じて待つ以外になかった。

さらに四半刻が過ぎたあたりで、裏門に動きがあった。

「あれは……？」

裏門の脇戸が開き、中から身の丈《たけ》が六尺を越えるほどの、大柄な商人風の男が出てきた。敷地の中にいる誰かと板塀を挟んで話をしてるのか二度、三度と腰を折り、頭を下げている。

「あれが、福富屋さんね。誰に向けて、お辞儀をしているのでしょう？」

音乃は自問を発したが、頭の中ではその答が解けている。脇戸の向こうにいるのは、痩せぎすで貧相な男と見て間違いない。出てきた男の視線は、かなり下に向いていた。五尺といくらもない小柄な丸高屋の主伝八郎を相手にすれば、そのような姿勢になるはずだ。

着ている物は、紬織《つむぎお》りの上等なものだ。その恰幅《かっぷく》からして、大店《おおだな》の主と見える。丸高屋の主とは、雲泥《うんでい》の差で押し出しが利いている。

供はつけずに、独りである。男の体は反対側の大通りに向いた。正面からは顔をとらえることができないが、横顔を見ると異常に鼻が高い。日本人としては異相ととらえられる。それと、とにかくが体が大きい。塀からせり出した、見越しの松にも頭が届きそうである。

丸高屋を去る際の物腰の低さは、借金取立ての債権者ではないようだ。

ちらりと見た横顔は、異国の人のようでもある。

――あれほどの大柄な男、今まで見たことない。

「……異国のお人？」

それでも、格好と物腰は明らかに日本人である。

「……異国の船？」

武器の調達と、音乃の発想がつながった。

男の行き先が知れれば、丸高屋の内部が見えてくるかもしれない。音乃は大男のあとを追おうとしたところで、足が止まった。

大男の後ろを、丸高屋の奉公人がついたからだ。その男を、音乃は知っている。

「……治助さん？」

不思議なのは、大男のうしろを五間ほど離れて治助が尾《つ》けているような気配だったからだ。裏戸が微《かす》かに開いている。大男のあとを追うのは、治助の一存なのだろうか。

それにしても、不可解なことである。

丸高屋に潜入できると思えど、音乃は治助の背後につくことにした。

表通りに出て、音乃は左右に首を向けると、ひと際上背の高い男を見つけることができた。

大股で、歩みも速い。あとを追うも、うっかりすると見逃しそうで、音乃も必死である。それでも、目立つ体軀が助けてくれる。

尾けていて音乃が感じたことは、すれ違う人々が一様に大男のほうに視線を移し、同様の驚きを見せていることだ。音乃はそれを、図体の大きさと異相からくるものと取った。

男の足は、北に向いている。十軒店町《じっけんだなちょう》の辻まで来ると、道を右に取った。そこから、一町ほど行ったところに建つ店へと入っていった。

二

庇《ひさし》にぶら下がる看板を見ると『口入処《くちいれどころ》　福富屋』と書かれてある。

雇い人と奉公人の仲立ちをし、斡旋するのを主な生業《なりわい》とするのが口入屋である。俗に手配師とも呼ばれ、人材ばかりでなく店舗や家屋敷の売買斡旋、そして一般には手に入りにくい物品の手配などと、けっこうその業態は多岐《たき》にわたる店もある。一部では、裏社会の世情にも通じ、不法な品物の売買に手を染めているところも多いと聞く。しかし、今の音乃では、そこまで考えがおよぶものでもない。

「……奉公人さんたちの、今後の身の振り方で、丸高屋さんを訪れたのかしら？」

こう思うのが、無難なところである。

「いや、違う。光三郎さんは、奉公人ごと身売りしたのではないかと言っていた」

光三郎の話をまともに取るなら、口入処は必要ないはずだ。音乃の脳裏に、再び武器の調達が浮かび上がった。

まだ福富屋の主かどうか、音乃には分からない。異相の男が店の中に入ってからも、治助は外で様子を探っている。

音乃は、その治助の様子を離れたところから見ていた。やがて、店の中から年端《としは》のいかぬ小僧が出てきた。治助が小僧を呼びとめると、

「あっ、丸高屋さんの……」

小僧は、治助のことを知っている様子であった。

「すまないけど、三木助《みきすけ》さんを呼んできてくれないか。誰にも、分からんようにな」

「はい、かしこまりました」

小僧が小さく頭を下げて、店の中へと入っていった。

やがて、眉間《みけん》に皺を寄せて不機嫌そうな表情をした、三十歳くらいの、手代風の男が出てきた。福富屋と襟に抜かれた黒の半纏《はんてん》を小袖の上に被《かぶ》せ、足は素足に雪駄《せった》を履いている。

「三木助さん、こっちだ」

治助も物陰に隠れ、男を呼んでいる。三木助という名が、音乃の耳にも届いた。だ

が、その三木助を音乃は不思議そうな顔で見やっていた。

「……あれ、あの人？」

どこかで会ったことがある。だが、すぐには思い出せない。

治助と三木助が立ち話をしているが、音乃の耳には聞こえてこない。だが、立ち話は二、三言話を交わしただけで、すぐに二人は別れた。

治助を追おうとしたが、音乃は足を止めた。三木助をどこで見たか、思い出したからだ。他人の空似《そらに》ということもあるだろうが、あまりにもそっくりである。一度だけだが、顔を見たときの記憶が音乃に甦《よみがえ》った。

まだ、夫真之介が生きていたころである。

『――あの男、あんな姿をしてるけど、奉行所の隠密廻り同心だぜ』

滅多に奉行所の内情を語る真之介ではなかったが、町中で大工職人の格好であったのを見かけたとき、音乃にふと打ち明けたことがあった。鰓《えら》が張った、強情そうな顔が特徴であったのを音乃は覚えていた。

三木助が店の中に入ってから、音乃はいくらかの間《ま》を取った。

なぜに奉行所の同心が、口入屋などに奉公をしているのか。それと、音乃にはもう一つ気になることがあった。

——福富屋の店内に入った大男が、主人であったとしたら。

「……まるで、異人さんのよう」

庇《ひさし》から垂れ下がる暖簾《のれん》を見やりながら、音乃はふと呟《つぶや》いた。以前読んだ本の中に、西洋からきた異人の姿が描かれていた。鬼のような顔が挿画として画《か》かれた横に、面相の特徴も、文章として書かれてあった。

〈色白くして顔面彫り深く　窪《くぼ》んだ眼窩《がんか》に見える目玉は青く　鼻は山の如く高し　髪の色は総じて茶か赤か　はたまた黄金の色に輝くもの也　身の丈屋根に届くほどあり面相鬼の如くして異相たることこの上もなし〉

奉行榊原忠之の話の中に出てきた『——異国の者と手を組んで武器を調達』と言った言葉が、鮮明に浮かんできた。

双方とも思い過ごしかもしれないが、ふとした疑問が湧いたらまずは探ってかかるのが探索の鉄則だと、丈一郎から常々教わっている。

——まずは、どうやって三木助って人に近づこうかしら？

音乃の考えは、これ一点に集中した。迷うことはない。

考える間ももったいない、ここはただ一気にぶつかるだけだと音乃は福富屋の店先に立った。都合のよいことに、今しがたの小僧が店先に出てきた。

「すみません……」

「はい」

音乃の容姿に、小僧はにんまりと相好《そうごう》を崩した。

「こちらに、わたしの兄……」

と言ったところで、音乃は言葉を止めた。着姿が、武家の女の格好だったからだ。身内はまずいと、咄嗟《とっさ》に言いかえる。

「わたしの兄がお世話になってます、三木助さんというお方がおられると思いますが、呼んでいただけますでしょうか？」

「はい。よろしいですけど、どちらさまで？」

「巽音乃と申します」

音乃は本名を語った。もし三木助という男が奉行所の同心であったなら、気づいてくれるかもしれないと考えたからだ。人違いならそれはそれで、別に言いようはある。

「かしこまりました」

「店先ではなんですので、わたしはあのお店の前で立ってます」

音乃は二軒隣の、書林の前を指差した。三木助が出てくるまで、平台に置かれた黄《き》表紙《びょうし》を立ち読みすることにした。

「……つまらない本」

呟きながら、丁をめくったところでうしろから声がかかった。

「巽……」

と、聞こえた瞬間に音乃は振り向く。

「あっ！」

驚く三木助の顔が、むしろ音乃には不思議に思えた。向こうから顔を知られているとまでは、思ってもいなかったからだ。

「もしや……なぜに、ここに？」

一瞬呆けたような三木助であったが、眉根を吊り上げその表情はすぐに驚愕へと変わった。単に見知っているといった様子でない三木助の眼差しに、音乃はむしろ訝《いぶか》しさを感じていた。

「ここでは、なんだ……」

三木助が、福富屋の店頭に目を向けて言った。奉公人の目を気にしているようだ。

「あそこに、路地がある。そこで、話をしましょう」

言ったのは、三木助のほうである。

――この人、わたしの素性を知っているのかしら？

音乃の気は巡った。

福富屋から半町ほど離れたところに、商家の板壁に挟まれた道幅三尺もない細い路地があった。

「ここに入りましょう」

周囲の様子を気にしながら、三木助は先に路地へと入った。人の行き交いがまったくない、日がまったく当たらぬ昼なお薄暗い場所であった。路地というよりも、奥は行き止まりの袋小路である。変なところに入るものだと、首を傾げながらも音乃は従った。

通りから十間も奥に入ったところで三木助は止まると、やにわに振り返った。

こんなところに連れ込んだ、三木助の魂胆《こんたん》がまだ音乃には読めていない。警戒する気持ちは、解かずにおいた。

「あんた、巽真之介のご新造《しんぞう》で、音乃さんと言ったたな」

やはり知っていたかと思うものの、音乃は顔を顰《しか》めて相手を見やった。

「なぜにそんな顔をするのか。俺を知ってて、呼び出したのではないのかい？」

「やはりあなたは、北町奉行所の……」

「ああ、そうだ。まさか、音乃さんがここに来るとは思わなかった。そっちは、何を探ってるんだい？」

「えっ？」

まるで、音乃の素性を見透かしたような言い方であった。

「なぜに、俺の名を知ってたので？」

「…………」

丸高屋を探っていたとは言えず、音乃は別に答を模索した。

「……どこかで、見られたのか」

音乃の無言に、三木助の呟きであった。

「わたしが何を探っていると訊かれましたが、三木助さんはご存じなので？」

奉行所内で音乃が影同心であることを知っているのは、奉行の榊原と与力の梶村だけのはずだ。逆に、音乃が問うた。

「ああ、知ってる。北町の奉行所で、以前二、三度見かけたことがあってな。だが、まさかこんなところに、俺を訪ねて来るとは思わなかった」

音乃が北町奉行所に赴《おもむ》いたことは、いく度かあった。ただ、奉行所で榊原と直接面したのは一年以上も前のことで、今はほとんどない。直《じか》に会うときは、別の場所が選ばれる。それでも自分を知っている三木助に、音乃は警戒する目を向けた。

「何も案じることはないですよ。おそらく俺は、音乃さんの味方だと思ってます。拙者の名は、後藤田《ごとうだ》三木助といって……」

三木助の口調と態度が商人から、武士のものへと変わった。音乃は、不思議なものでも見るような目つきで、後藤田三木助と名乗った男を見据えた。

――そうだ。姓は後藤田と真之介さまが言ってた。

「すると、後藤田様は……？」

音乃は、姓のほうを口にした。

「拙者は北町奉行所の、非常時取締 掛《ひじょうじとりしまりがかり》の同心だ」

非常時取締掛とは、聞き慣れない部署である。読んで字のごとく、非常事態に備えて配置された、遊軍のような役職と思えばよい。平時は内勤の事務方の仕事をこなしている。陽の目を見ない、閑職にあった。後藤田は、非常時取締掛の同心としてその一人に身を置いていた。

「以前は隠密廻り同心だったが、今は異動して普段は奉行所内に引っ込んでいる。隠密廻り同心であったこともあり、怪しいと目星をつけたところを狙って潜り込む、忍びの役も仰せつかっている。福富屋は、かねてよりご禁制の物を扱っているとの疑いでな、拙者は与力梶村様の命令で、その証《あか》しをつかもうと十日ほど前から入り込んでいた」

後藤田は、音乃とは別件の探索で動く、奉行所の密偵であった。それも、密命の出処は同じ与力の梶村であったのだ。

「一つ訊くけど、音乃さんはお奉行の命令を受けて動いているのだろう？」

「…………」

はい、そうですとは即答できない。なぜにそこまで知っているかと、音乃は不可解そうな顔を向けた。

「非常時取締掛の同心といって、馬鹿にしてはいかんよ。これでも勘は鋭いほうでな、以前ちょっと自分なりに、音乃さんたちを調べさせてもらった。すると、お奉行直属の密偵であることが分かった。町方同心であった巽丈一郎さん共々な。だが、安心なされ。このことを知っているのは、拙者だけだ。むろん、この先も誰にも言わないし、知らん振りを決め込むつもりだ」

「…………」

意外な展開に、音乃の口は噤《つぐ》むばかりである。

「ここに来たのも、何かの探りであろうが、訊くことはしない。絶対に言わないだろうからな。それでも拙者には分かっている」

なぜに分かっているのだろうと思いつつも、音乃は黙って後藤田の話に聞き入ることにした。

音乃の真情を汲み取るか、後藤田の語りがつづく。

「互いに探る目的は異なろうが、福富屋を嗅ぎつけたとあっては、教えてやらんわけにはいくまい」

「ここならば、人は来ないし見られることもなかろう」

言いながら、後藤田が懐《ふところ》に手を入れた。匕首《あいくち》でも抜きそうな仕草である。

「こいつを見てくれ」

後藤田が、おもむろに懐から手を抜いた。

右の手に、匕首ではない何か黒っぽいものが握られている。音乃には一瞬それが、鉄の塊《かたまり》に見えた。

三

丸い筒状の先が、音乃に向いている。

今まで実物は見たことないが、音乃は何かの本で、そのような絵を見たことがある。物の本では、短筒《たんづつ》のことをペイストルと書いてあった。

「……ペイストル？」

「ああ、そうだ。さすがによく知っているな」

さすがと口にしたのを聞いて、音乃はさらなる訝《いぶか》しさを覚えた。

ペイストルは、異国の武器である。それは、以前に読んだ太閤記《たいこうき》の中に出てくる種子島《たねがしま》、いわゆる火縄銃と同じ物と、音乃の知識にあった。武器としては刀よりも数段威力があり、十間離れていても一瞬で相手を倒すことができる。日本にはない、ご禁制の品物であった。

「こいつが火縄銃と異なるのは、一どきに二発もつづけて弾を撃つことができ、片手で持つことができる短筒てことだ。一発でも弾が当たれば、人はあっという間にお陀仏《だぶつ》となる」

筒先が、音乃の胸元に向けられている。匕首ならば逃げることもできようが、飛び道具では敵《かな》わない。後藤田にはそんな気はなかろうが、音乃はちょっとした恐怖を覚えた。

「こんな危ないものが、福富屋の天井裏から見つかった」

言いながら後藤田は、再び懐の奥へと短筒をしまった。

「音乃さんたちが動いたとあってはと思い、こいつを見せたのだ。福富屋の悪事どころではない、何かどでかいことに関わっているのだろうと思ってな」

「確かに。ですが、それが何かということは語れません」

「それは、拙者も心得ている。軽く口にするようなら、お奉行も密偵にはしないだろうからな。そうそう、筆頭与力の梶村様が、お奉行と音乃さんたちの中を取ってることも知っておるぞ」

そこまで、後藤田という同心は見抜いていた。

「この短筒は、今朝方ようやく探し当てた物だ。まさか、こんな物を扱っているとは思ってもいなかった」

後藤田は、ペイストルをしまった腹のあたりに手を当てて言った。思わぬ成行きに、音乃は喜ぶよりも驚きが先に立った。

店を抜け出してから、ときが経っている。後藤田は、音乃の肩越しに表通りを気にしながらも語りはさらに早口となった。

「こいつは福富屋が隠しもっていたものだ。天井裏には十丁ほどあって、ほかにもまだ隠してあるかもしれない。主の名は弥左衛門《やざえもん》といって、祖先は異国の人だ。生粋《きっすい》の日本人ではない」

――やはり、あの男は福富屋の主だったか。

「今夜にでもこいつをもって、梶村様の役宅に駆けつけるつもりだ。どうだ、そっちの役にも立ちそうか？」

「はい。かなり……」

音乃は後藤田の話を聞いていて、ふと思うところがあった。

――後藤田様は、身を賭してわたしに托している。

このとき音乃は、後藤田の身に危うさを感じていた。

なまじ仕事が出来る人間だけに、こんな危ない役目に携わるのだろうと、音乃にそう感じさせるような、後藤田の捲《まく》し立てる口ぶりであった。

「福富屋さんは、どこからそんな物を手に入れ……？」

「それはまだ分からん。探るのは、これからだ」

後藤田は、店が気になるか音乃の言葉をみなまで聞かずに答えた。

「それと、先だって店を閉めた……」

丸高屋との関わりを訊こうとしたそこに、

「三木助……どこに行った？」

通りのほうから、後藤田を呼ぶ声が聞こえてきた。

「いけねえ、もう行かなくては。今は、このくらいにしておいてくれ」

後藤田は、急ぎ足で路地から出ていった。

「すいません。ちょっと知り合いの女が来ていたもので、暇をもらってました。番頭さんには、断っておいたはずですが」

三木助の言い訳が、音乃の耳に入った。

後藤田が手にしていたペイストルは音乃にとって、脳天に鉄槌《てっつい》が落ちるほどの衝撃であった。

そんな物、一丁でも持っているだけで打ち首となる。ご禁制の中のご禁制といってよい。それを、後藤田は盗み取っていた。後藤田にとっても、命懸けであろう。それが、どこまで丸高屋と福富屋との関わりにつながるのか分からない。だが、日本にはないはずの異国の武器を目にして、音乃は太い糸口をつかんだような心持ちとなった。

「……これで、丸高屋との絡みが明かされれば」

闇の雲間に一筋の光が差し込んだような、音乃の呟きであった。だが、一つ大事なことを失念していた。

「いけない。治助さんとの関わりを訊きたかったのに……」

音乃の口から、悔やみの独り言が漏れた。

いく分間を開けて、音乃は通りへと出た。福富屋の前を通るも、何ごともないような店頭の風景である。音乃は立ち止まることもせずに、その場を立ち去った。


昼八ツを報せる鐘に合わせて音乃と丈一郎は、室町一丁目の日本橋の袂《たもと》にある茶屋で落ち合うことになっている。

音乃が丸高屋本店を探っているころ、丈一郎は丸高屋の取引先である問屋や縫製職人などを回り、主伝八郎の人柄や評判などを聞き込んでいた。

源三は、伝八郎の生い立ちを調べに赤坂に赴《おもむ》いている。三者、手分けをしての探りであった。

日本橋川北岸沿いは、江戸中に魚介類を供給する魚河岸《うおがし》である。その一角は、魚料理が旨い煮売り茶屋が軒を並べるところだ。音乃は『煮魚処　味よし』と、暖簾《のれん》に抜かれた屋号の店へと入った。入れ込みの座敷があって、落ち着いて語りもできる。食事も摂れるし、呑みたければ酒もつけられる。音乃の夫であった真之介と、逢引きのときによく利用していた店であった。

「いらっしゃいませ……あら、音乃さんお久しぶり」

店に入ると同時に、二十歳をいくらか過ぎた娘の声がかかった。

「お染《そめ》ちゃんもお元気そう」

三年来の馴染みである。話す口調に、親しみがあった。

「お義父《とう》さま、来ているかしら？」

「八丁堀の旦那はもう……」

お染の返事を待たなくても、丈一郎が奥の座敷で手を上げている。丈一郎も現役のときからこの店をよく利用している。

「もう、八丁堀の旦那ではないわよ……ご隠居」

音乃が、笑みを浮かべながらお染に言った。

「ごめんなさい。ずっと頭の中にこびりついてて」

「いいのよ、気にしないで」

気にしているのは音乃のほうである。探りで動いていると、端から見られるのはまずいと思ったからだ。だが、お染は余計なことを言う娘でないと、安心もできる。

「音乃、こっちだ」

手を上げながら、丈一郎が呼んでいる。音乃は座敷へと近づいていった。

「遅くなりまして……」

「おれも、今来たところだ。猶予は数日しかないというのに、音乃はよく落ち着いていられるな」

笑みを浮かべながらお染と話しているのを、丈一郎が見ていた。

「焦ると運《つき》も逃げて行くとは、お義父さまがよくおっしゃっておられます」

「まったく、そのとおりだ。おれのほうがイライラして、どうするってことだな」

丈一郎が言ったところで、昼八ツを報せる鐘の音が石町《こく》のほうから聞こえてきた。

「先に食事を摂ろう。腹が減ってては、落ち着いて話もできん」

鯖《さば》の味噌煮《みそに》が旨い店である。白味噌を使い、三浦《みうら》半島沖で獲れた脂《あぶら》の乗った鯖がこの店の自慢の一品であった。

「鯖の味噌煮定食、二人分……」

丈一郎が、お染に向けて注文を出した。

注文した物が出てくるまで、少しの間がある。

「いや、驚きました」

待つ間も惜しいと、音乃が切り出した。

「何か、あったか？」

客はまばらであるも、他人の耳に入る恐れがある。小声となる分、二人は体を前に倒し、頭を近づけた。

音乃が小声で、福富屋での経緯《いきさつ》を語り出した。

「そんなんで、福富屋という口入屋の店先に……」

「おまちどうさま」

お染が注文の品を運んできた。それぞれの盆に鯖の味噌煮とどんぶり飯が載っている。香の物が添えられているが、酒はない。

音乃の話のつづきを早く聞きたいと、丈一郎は飯を噛まずに飲み込んでいる。

あっという間に食し終わり、茶が運ばれる。

「お染ちゃん、しばらく座敷を借りるけどいい？」

「ええ、どうぞごゆっくり。お客さんも夕方まで入りませんので、声を戻しても大丈夫ですよ。あたしは聞いてませんから」

ほかに客はいなくなり、お染が気を遣ってくれる。

「ありがとう、助かるわ」

無理に猫背は作らなくてもいい。それでも声音は、低く抑える。

「さあ、つづきを……」

丈一郎が、話の先を促した。

「お義父さまは、後藤田三木助さまってご存じですか？」

「ん、聞いたことがあるな」

「北町奉行所の非常時取締掛という役職に身をおく……」

「おお、そういう男がいたな。以前は隠密廻りであったようだが、音乃はどうしてその名を？」

「福富屋に、ご奉公されてました」

「なんだと？　奉行所同心がどうして商人なんかに」

「これには、深い事情《わけ》が……」

後藤田三木助との、路地裏でのやり取りを、音乃はそのまま漏らすことなく語り終えた。

丈一郎の眼がギョロリと剝《む》かれ、現役のときを髣髴《ほうふつ》とさせる、凄みが利いた睨みが音乃に向けられた。

音乃が語り終えても、丈一郎は、すぐには言葉が出てこない。

四

「ペイストルなんて、どこから手に入るものなんでしょ？」

呆けた気持ちを取り戻そうと、音乃は丈一郎に向けて問いを発した。

「ところでさっきからペイストルって言ってるが、それってなんだ？」

「お義父さまは、ご存じではないので？　鉄砲を小さくしたもので、その代わり二発つづけて撃てる……」

「それは知っておるが、あれは短筒とかガンと言うんじゃないのか？　おれはそう聞いたことがあるぞ」

「後藤田様は、ペイストルで通じましたが」

「まあ、そんなことはどうでもいい。異国語のちょっとした言い回しの違いだ。これからは、短筒でいこう。ペイストルでは、余計な疑いがかけられるからな」

他国との国交がないこの国では、異国語は災いのもとになると丈一郎は気を遣った。

「短筒が、どこから手に入るかなんて、おれは知らんなあ。同心であったときも、そごんな話をしたことは一度もなかった。そんな物、口に出しただけでも咎めがあるってのに、ましてや持っているとなるとそれだけで打ち首になるぞ。痲薬《まやく》もそうだが、ご禁制の品もいいところだ。後藤田という男、よく見つけやがったな」

「よほど危険を冒して、探っていたらしいです」

「その手腕を見込んで、梶村様は後藤田という同心を福富屋に差し向けたのだろう」

「後藤田様は、今夜にでもその報せを梶村様にもたらすとのことです」

「もしかしたら今夜、梶村様から呼び出しがあるかもしれん。こっちから出向いてもよいが、そこまではせんでもいいだろ。後藤田の顔が立たんしな」

「はい。寝ずに待ちたいと……」

　後藤田の報せが、どこまで丸高屋と関わってくるのかは分からない。だが、音乃は片手で持てるペイストルが、大きなつなぎをもたらすような気がしてならなかった。


　膝元に置かれた茶を啜り、話に一服の間を空け気持ちを切り替える。

「お義父さまのほうはいかがでした？」

「おれのほうは、反物問屋とか縫い子の元締めを当たったが、みんなどこも売り掛けを清算していて、そのことでは丸高屋に文句をいう者は一人もいなかった。どこも機嫌よく応対してくれてな、みんな目が笑っておった」

「お義父さま、それっておかしくはございませんか？」

丈一郎の話を聞いて、音乃の脳裏をよぎったことがあった。

「ほう、音乃はどこがおかしいと？　店を閉めたところから売り掛けがすんなり回収できれば、誰だって喜ぶと思うのだが」

「この不景気なときに、丸高屋さんほどの大きな得意先が一つ減ったら、商いの上で大きな打撃を受けると思われます。喜ぶ人なんて、どこにもいないと思われますけど」

「音乃の言うとおりだ。おれは数軒回ってから、ようやくそこに気づいた。そんなんで、次からは問いの中身を変えてみた。すると、思わぬ答が返ってきた。得意先がなくなったってのに誰も憂いていなかったのは、なぜだかおれにも分かった。音乃はなぜにそう思ったか、考えを聞かせてくれ」

「答は二つのうち、どちらかと思ってました。一つは、売り掛け以上の過分な支払いがあったものと。でも、これはすぐに違うと分かりました。もしそうだとしたら、お義父さまは思わぬ答が返ってきたとは言わないでしょう」

「ああ、そのとおりだ。となると、もう一つの考えってことか？」

「はい。おそらくどちらの業者さんも、丸高屋がなくなったこと自体を喜んでいたのではございませんか。丸高屋がなくなって喜ぶということは、ありがたみのある得意先ではないってことになりますね。もしかしたら、相当に泣かされていたものと……」

「そういうことだ。正当な商いの取引きに、こんな酷《ひど》いことがあるなんて、おれは初めて知った」

丈一郎の声音に、憤慨がこもっている。

「話を聞いただけでも、むかっ腹が立ってきた。ああいうのを、人の生き血を吸った商いってのだな。あれだけの身代を築くのに、どれだけ多くの人を泣かせたり、殺してきたのかってな。丸高屋ってのは、そんな商人たちの上に成り立ってたんだ」

「殺しとは、聞き捨てなりませんわね」

言いながら、音乃の腰が伸びた。

「いや、本当に人を殺したわけではない。しかし、やってることは同じようなもんだ。商い上のやり取りから、店を潰され自害に追い込まれた商人がどれほどいるかってな。こんな反物卸し問屋があったそうだ」

丈一郎の口から、阿漕《あこぎ》な商法の一例が明かされる。

春先に、夏向きの反物を三千反仕入れ、丸高屋は特別安売り販売の計画を立てた。通常の取引きと違い、すべて現金買い取りの約束である。しかし、大々的に売りに出すが、天候の不順で目論見《もくろみ》は外れ、夏物はさっぱり売れなかった。秋になり在庫となった反物を、全部仕入れ業者に返品をする。買い取りを約束していたのに、返品されては堪ったものではない。業者も産元から安く仕入れるため、一括支払いをして量をまとめていたのだ。約束が違うと苦情を言うが聞き入れてくれない。逆に、売れない物を納入したと難癖をつけられ、代金を払うどころか罰則金まで支払わされることになった。仕入れで資金が底をついていたところに、返品の山と罰則金が重なり一夜のうちにその問屋は潰れてしまった。

「大商いであったはずが、大赤字を背負い込まされて大損をこき、一家心中に至ったという。こんなのはほんの一例ってことだ。そんな、痛ましいことが枚挙《まいきょ》にいとまがなかったとな。みんな腹の中では、丸高屋なんてなくなってしまえばよいと思っていたらしい。酷い話があったもんだ。だが、そんなことをされてまで、どうして丸高屋なんかにくっついているのか分からん」

「業者は生かさず殺さずって言葉があるのを、お義父さまは聞いたことがございますか？」

「聞いたことはあるが、いやな言葉の響きだ」

「ほとんど儲けを吸い取られていても、くっついてさえいればなんとかその場を凌《しの》ぐことができる。生かさずに殺さずにと、遣《や》り繰《く》りをさせているのですね。ですが、不用となった業者には容赦はしない。今のお話のように、バッサリと斬り捨てるのが丸高屋伝八郎のやり方だと思います。そうでなくては、ん百万両もの財は到底築けるものではございませんよね」

「ただ殺すのではなく、そんなところからも儲けを吸い取ろうとする。けつの毛ばまで、抜き取るってことか」

「喩《たとえ》は下品ですが、そういうことだと。丸高屋の身代というのは、それで潰された業者さんたちの、血と肉と涙と汗を吸い取りながら大きくなっていったものでしょう」

「吐き出すことは一切せず、そんなことをして貯めた金だ。ん百万両というのも、あながち大げさではなさそうだな」

「そのお金でもって下級藩士を集め、幕府や藩への不平不満を煽《あお》っているのでございましょう」

音乃と丈一郎の、一気の語らいであった。

「……あんなところで反物を買うんじゃなかった」

赤面を隠し、音乃が聞こえぬほどの小声で呟いた。

丸高屋の阿漕な商法が、どこで幕府転覆の謀反につながるのか。そこを探らなくてはならない。その鍵となろう丸高屋伝八郎の生い立ちを探りに、源三が今、赤坂に向かっているところだ。


音乃と丈一郎が、味よしで語り合っているころ、源三は歩きで赤坂に向かう途中にあった。

昼までに、どうしても千住《せんじゅ》まで乗せて行かなくてはならない客があり、その仕事を済ませてからの動きとなった。舟を漕がなかったのは、赤坂付近には長いこと川舟を停められる桟橋がないからである。

日がいく分西に傾く八ツ半ごろ、源三は丸高屋の赤坂店の前にあった。

「……よく、こんなところに店を出したな」

通りを隔てた向かい側が、溜池《ためいけ》である。承応《じょうおう》二年に玉川上水《たまがわじょうすい》ができるまで江戸の水瓶であった溜池は、今は千代田城の外濠となって、堀幅広く豊満に水を湛《たた》えている。

源三は、丸高屋と溜池を交互に見やりながら呟いた。立地が悪そうなのは、商売に疎《うと》い源三でも思い至るところだ。

三百坪ほどの建屋である。店の出入り口が十間ほどあって、大戸が閉まっている。三方は目地《めじ》を斜交《はすか》いに浮かせた海鼠壁《なまこかべ》を設《しつら》え、上部は真っ白な漆喰《しっくい》壁が屋根まで延び総二階の蔵の造りであった。

二階に窓があり、そこは奉公人たちの住まいと見受けられる。だが、今は誰も住んでいる気配がない。

近在の町人に訊ねても、普段はさして客は入っていなかったと言う。店らしき賑わいがあったのは、閉店間際の五日ほどだったとも言っていた。店を閉めてからは、奉公人たちは一斉《いっせい》に出ていき、その後は一切人の出入りはないと、人々は口をそろえた。

「一ツ木町《ひとつぎ》に、丸高屋の主人の生家があると聞きましたが、店の人たちはみんなそこに行ったんでしょうかねえ？」

「いや、あそこには行ってないな」

「どちらに向かったので？」

「いや、そいつは知らんよ」

周囲の数軒に当たったが、みな同様の答であった。

源三は、店の近所を聞き込んだが、そこからはとくに得るものがなかった。

源三は、丸高屋伝八郎の生家を訪れるため、五町ほど歩き赤坂一ツ木町へと向かった。

「――丸高屋の旦那の過去に、いったい何があったのかしら？」

音乃が言ったその答を見つけに、源三は赤坂に来たのである。

源三は、主伝八郎の生い立ちに関しての聞き込みに回った。

日がだいぶ西に傾き、茜《あかね》色が差す頃合いとなっていた。近在の町屋で、すでに十軒ほど回り聞き込んでいるが、誰も三十年以上も前の昔を知る者はなかった。

もう一軒と、長屋の木戸を潜《くぐ》り、路地に入ったところであった。井戸端で、一人の老女が腰を落として米をといでいる。

「ネエさん、ちょっと訊きてえんだけどいいかい？」

背中からの源三の声かけに、老女は胡乱《うろん》な目をして振り向いた。

「うれしいね、ネエさんと呼ばれたのは何十年ぶりかね」

皺だらけの相好《そうごう》を崩して、老女は言った。

「うしろ姿は、まだ男が放っちゃおかねえように見えるぜ」

源三は、最大賛辞の世辞《せじ》を贈った。

「あんたもうしろから、そんな目であたしを見てたんかい?」

「いや、おれは所帯持ちだ。浮気はしねえと、心に誓っている。そいつはいいんだが、ちょっとネエさんに訊いてもいいかい?」

「あたしの知ってることなら、なんだっていいさ」

米をとぐのも放って、老女は源三の相手をしてくれた。

「丸高屋なら、先代のときからあたしは奉公してたさ。女将《おかみ》さんがいなくなったときのことは、ようく覚えているよ。ある日突然店の前に、豪華な乗物が横付けされてね、女将さんを連れてっちまった。一人息子の伝八郎坊ちゃんが、まだ十歳のころだったかねえ。かわいそうに、三日三晩泣きじゃくっていたよ」

「誰に、連れてかれたんで?」

「なんだか、偉そうな女がきんきらの派手な着物を着て、上様がどうのこうの言ってたけど。あとで聞いたんだが、あれは大奥……」

「大奥だって!」

井戸端でもって、源三は頓狂《とんきょう》な声をあげた。

長屋から出て、源三は大きなため息をついた。

「……驚いたねえ」

老女から聞いた話を、すぐに音乃に伝えたい。戻る道を急ごうと、源三が引き返すところであった。

五

日が西の山塊に隠れる、暮六ツが迫るころとなっていた。あたりは薄暮であって、まだ見通しが利く。

「おや?」

源三の目に、三人の侍の姿が入った。赤坂は、武家屋敷が建ち並ぶ町である。ここで武士の姿は、珍しくもなんでもない。だが、源三が気にしたのは侍たちが出てきた家にあった。

とっくの昔にしもた屋となった、伝八郎の生家である丸高屋の裏口から、その姿を現したからだ。三人とも羽織袴の、どこかの家中《かちゅう》の家臣に見える。二十歳を越したばかりで、まだ若い。

——あれが、血気に逸《はや》る下級武士ってのかい。

音乃の話の中にあった、大名家の家臣たちと源三は取った。

「……こんなところで、謀反《むほん》の企てをしてたってことかい」

どこの家中の者か知れれば、こんな土産《みやげ》話はないと、源三は三人のあとを尾《つ》けることにした。

伝八郎の生い立ちと、丸高屋の陰謀が同時に知れ、事は一気に解明に近づくことになる。源三は期待に胸を弾ませ、三人の侍の背後についた。

もう一歩近づけば、何を話しているかが聞こえる。地獄耳《じごくみみ》と呼ばれた源三は、その力に頼ろうと三尺ほどの間合いを取った。三尺は、半畳の長さである。息づかいが届くか届かないかの間しかない。部屋の中では聞こえる小声も、外では周囲の音や風の向きでかき消されてしまう。しかも、相手は前を向いていて、小声でもっての話である。

「丸高屋の主……ん万両……これで……」

ところどころしか、源三には聞こえてこない。それでも、丸高屋と万両と聞こえ、源三はさらに前を行く侍たちの話し声に耳を集中させた。

「……を積んだ舟は今……沖にってリチャードが言ってたな」

――なんだ、リチャードってのは？

変な言葉に、源三は顔を顰《しか》める。

「もう間もなく……人数は……？」

まだ、ところどころしか聞こえない。源三は、さらに一歩間合いを詰めた。

「これから長州《ちょうしゅう》の……や、周防《すおう》の……藩などからも……藩士が……」

「そうなると九州から四国……いく人集まる？」

「今のところ総勢……人くらいか」

肝心なところになると声を落とす。藩名や人数を聞き逃し、源三はいらつく。さらに半歩と源三は無理をした。

二尺もなければ、ほとんどくっつく間合いである。源三にとって幸いなのは、三人が話に夢中になっていたことだ。

「それにしても丸高屋は、ずいぶんと金を持っているもんだ」

源三の耳に、よく聞こえる。

「その財で、俺たちの幕政に対する不平不満を買ったからな」

「まるで、いにしえの由井正雪みたいなもんだな。正雪は浪人たちを集めたが、俺たちはいつまでも日が当たらぬ下級武士を集めて……」

不平不満の蓄積が、下級武士たちを決起させる。そんな意図を、源三は耳にしたのであった。

「世の中を変えようなんて、よくそんな話を思い……」

「おい、どこに耳があるか分からんぞ」

それからというもの、源三は三間ほどの間をおき、話し声は聞こえなくなった。あとはどこの家中かと、知れたところで霊巌島に戻ろうと源三は三人のあとを追った。

すでに暮六ツを報せる鐘が鳴り終わり、あたりは夜が支配しようとしている。道を照らす月はない。もう少しすれば提灯《ちょうちん》がなくては足元がおぼつかない暗さとなってきた。

やがて侍たちは溜池を通り越し、葵坂《あおいざか》を下ろうとしていた。いつの間にか、人の通りは途絶えている。

片側は、佐賀《さが》藩鍋島《なべしま》家中屋敷の長屋塀が、二町に渡ってつづき、それと向かい合って外濠《そとぼり》が掘られている。溜池からの落水が滝音となって聞こえるほど、周囲は静寂であった。

葵坂の中ほどで、三人の足が急に止まった。そこは、鍋島家中屋敷の裏門に当たる。

そこで源三は、三人を追い抜くことになった。

――鍋島家の家臣かい？

源三は三人をやり過ごし、二十歩も歩いたところであった。侍の足音がひたひたと迫ってくる感覚があった。

「……いけねえ」

明らかに追跡がばれている。源三が足を速めると、さらに相手も足を早めて近づいてくる。

「聞かれたかもしれん」

と言う声が、源三の耳に入ったと同時であった。

背中に、ピリッとした痛みが走ったと同時に、源三は濠の中へと飛び込んだ。


その夜のこと――。

巽家から五町ほど離れた霊巌橋の袂《たもと》で、もう一つの事件が起きた。夜も更け、江戸の町が寝静まろうとする宵《よい》五ツも過ぎたころであった。

北町奉行所の密偵である後藤田三木助が、与力梶村のもとを訪れようと道を急いでいた。平将門《たいらのまさかど》が鎧《よろい》を龍神に渡したという伝説の残る鎧ノ渡しから、日本橋川沿いを提灯の明かりで足元を照らして後藤田が歩いている。霊巌橋で亀島川を渡れば、そこは霊巌島である。川の向こうに、蕎麦《そば》屋の屋台がぼんやりとした明かりを見せるだけで、あたりにはほかに人っ子一人見えぬ暗い夜であった。

後藤田が、橋を渡らず亀島川沿いを曲がろうとしたところであった。

向かいから、一張りのぶら提灯が近づいてきた。

「後藤田さん……」

提灯の明かりが近づき、後藤田に声がかかった。すぐに、その男が誰だか分かった。

「おお、治助か」

身形《みなり》は商人だが、奉行所同心の口調で後藤田は返事をした。

「梶村様はおられたか？」

「はい。後藤田さんが来るまで、起きて待っているとのことです」

「ご苦労であったな。それじゃ、急いで行くとするか」

言って歩き出そうとする後藤田を、治助が止めた。

「ちょっとお待ちください」

「何かまだ用か？」

「福富屋弥左衛門のことで、さらに耳寄りな話を。よろしければ、向こう側にある屋台の蕎麦屋で。腹が減っていてどうにも……」

「そうか、分かった。蕎麦くらいなら付き合ってもよいか」

二人は連れ立って、霊巌橋を渡った。

かけ蕎麦で腹を満たしながら、後藤田と治助は小声で語る。

「水をもらって来ますんで」

蕎麦屋が屋台から離れ、話し声はいく分大きくできた。

「後藤田さん、福富屋弥左衛門てのはどえらく悪い野郎ですね」

「ああ、ご禁制の短筒を集めてたくらいだからな」

「短筒なんて、屁《へ》みたいなもんですよ。野郎は、あの異人みたいな面相を盾にして、英吉利って国から大砲や戦船《いくさぶね》などの武器を買い込むとか言って、丸高屋から財産をふんだくっているのですぜ」

「なんだと？」

「大砲や戦船なんてのはみんな騙《だま》して、丸高屋から巨万の富を手に入れてやがった」

――昼間話した音乃は、これを探っていたのか。

すぐに後藤田は思いが至ったものの、むろん口には出さない。

「詳しく話を聞かせてくれないか」

「いや、手前が知ってるのはそのくらいなものでして。あとはご自分で調べてくださいな」

何かを隠すような治助の口調であった。

――治助は何を言いたいのだ？

後藤田が考えているところに、蕎麦屋が戻ってきた。それと同時に蕎麦を食べ終える。

「それでは、手前はこれで……」

丼を蕎麦屋に返しながら治助が言った。

「おっ、おい待て治助……」

後藤田が止めるのも聞かず、治助は足早に立ち去っていった。

三十二文の小銭がなく、つり銭で手間取っている間にも、治助が翳《かざ》す提灯が霊巌橋を渡っていくのが見えた。

「釣りはいらねえや。小商人なら、小銭くれえ用意しとけ」

「すいやせん」

後藤田は八十文相当の価値がある小粒銀で払い、倍以上の蕎麦代となった。

気分をムカムカさせながら、霊巌橋の中ほどまで来たところであった。後藤田の目の前に、男がつっ立ち行方を阻む。

「誰だ？」

後藤田が、提灯の明かりを相手の顔に向けようとしたところで、下腹に激痛が走った。

日本橋川と交差する亀島川に架る霊巌橋の袂に、男の変死体が浮いているのを、夜鳴き蕎麦屋が発見したのはすぐそのあとであった。

六

巽家の遣戸が激しく叩かれたのは、それとちょうど時を同じくしたころであった。

「源三さん、遅いですわねえ」

梶村からの報せが来るかもしれないと、音乃と丈一郎は寝ずに待っていた。源三の帰りが遅いのも、音乃と丈一郎はことさら気にかかっていた。

――なんだか、胸騒ぎがする。

音乃は、源三に一抹の不安を抱いていた。

「源三のことだ、案ずることもあるまい。遅くなったので、直《じか》に家に戻っているかもしれん」

「そうだとよろしいのですけど」

何も収穫がなくても、探りのときは必ず巽家に寄るのが今までの源三である。不安を心に忍ばせながら、音乃が返したところであった。

「今晩は、夜分すいません……こんばんは」

ドンドンドンと、三回刻みで二度ほど叩かれた。緊急がこもる、戸板の鳴り方であった。

梶村の使いと、予測をしていた。

「……やはり、来ましたね」

音乃が廊下を出たところで、丈一郎の声がかかった。

「おれが出てみる」

丈一郎が、戸口へと向かった。

「どなたですか？」

一応は、遣戸越しで問うてみる。

「夜分、急に申しわけございません。主が、急ぎお越しくだされとの仰せでございます」

聞き覚えのある声である。丈一郎は慌てて、遣戸の閂を外した。

いつも伝言をもたらす男で又次郎という名の、梶村がもっとも信頼を寄せている下男であった。

「分かりました。すぐに行くと梶村様に伝えてくだされ」

「先に戻り、伝えておきます」

又次郎が去ったところで、音乃の声がかかった。

「やはり、又次郎さんでしたか？」

「梶村様が、すぐに来いとのことだ」

用件は分かっている。

音乃はすぐに出かけられるよう、身支度はおおよそできていた。丈一郎が着替える間に、いく分乱れた髪を櫛《くし》でもって整えただけだが、それでもほつれ髪が三本ばかり頬を伝って垂れている。

「さて行くぞ」

腰に大小を差し、丈一郎も用意が調《ととの》った。

「源三が来たら、酒でも飲ませて待たせておいてくれ」

「かしこまりました。いってらっしゃいませ」

寝巻き姿の律に見送られ、音乃と丈一郎は与力梶村の屋敷へと赴いた。

「おそらく、後藤田様が来られているものと」

今夜にでも梶村のもとを訪れると言っていた。

「これで、かなり探索が進むものと……」

期待に胸を躍らせ、急ぐ夜道に提灯の明かりがぶらぶらと激しく揺れている。

律儀にも、下男の又次郎が門前に立っている。ご苦労さまですと、互いに声を掛け合い、脇門から屋敷内へと入った。

「すまんな、夜分に呼び出したりして……」

ほとんど待たされることなく、梶村が一人で部屋へと入ってきた。後藤田がついているものと思っていたがそうではない。音乃は肩透かしにあった思いであったが、そこは顔色に出さず、梶村と向き合った。

前置きもなしに、梶村が口にする。

「音乃は、後藤田を知っておるな？」

「はい。昼間お会いしました」

「その後藤田から、今こっちに向かってると報せが入った」

これから来るのかと、音乃はほっと安堵の息を漏らした。

「書状の中に、音乃の名が入っていたのには驚いたぞ」

「どのようなことが書かれていたのでございますか？」

「いや、急いで書いたか、音乃を呼ばれたしとだけ書かれてあった。後藤田と何があったのか、先に音乃に聞いておこうと思ってな、急ぎ又次郎を使いにやらせた」

「左様でございましたか。ところで、報せはどなたがもたらせたのでございましょう？」

福富屋に潜り込む後藤田に、そんな仲間がいたのかと音乃が訝しげに問うた。

「後藤田が信頼を寄せている者だ。名は治助とか言っていたな」

「……治助？」

昼間、その者のあとを尾けた。福富屋では後藤田を呼び出し、言葉を交していた。その男の顔を、鮮明に思い出した。梶村とのつなぎは、その治助が取っていたと取れる。

――なぜに治助さんが……？

また一つ、音乃に分からぬことが増えた。だが、その事情《わけ》も後藤田が来れば知れることだ。

「おっつけ後藤田が来ると思うが、音乃と二人の間に何があった？」

語るには、最初からでなくてはならない。

「例の件でわたしたちが目星をつけたのは、丸高屋という呉服屋……」

「丸高屋とは、先だって潰れたというあの丸高屋か?」

音乃の話を止めて、梶村が問うた。

「はい。かなりの財産を有しての、偽りの店じまいかと疑った次第です。持っている財でもって、謀反の後ろ盾になっているのではと、只今探りを入れているところでございます。そこに浮かんできたのが福富屋という口入屋でございまして、昼間様子を探ろうと赴いたところ、後藤田様がそこにいたのには驚かされまして……」

「脅かされただと。危ない目にでも遭ったのか?」

「いえ、驚いたと申したのでございます」

「後藤田には、福富屋がご禁制の物を扱っているのではと探りを入れさせていたのだが、それが謀反と関わりがあるということか?」

「はい、かなり。おそらく後藤田様は、今夜その物をお持ちになられるのではないかと」

「音乃は、それを知ったのだな?」

「はい」

「その物とは、なんだ?」

音乃と梶村の掛け合いを、丈一郎は黙って目を瞑《つむ》り聞いている。音乃は答えるにいく分の間を開けた。話の途切れた間《はざま》に、百目蠟燭《ひゃくめろうそく》のジリジリと鳴る音が聞こえる。

「ペイストル」

二呼吸ほど置いて、音乃はようやくそれを口にする。

「ペイストルって、短筒のことか？」

さすが筆頭与力で、短筒の異国語を知っていた。

「はい。後藤田様は、それを今朝方天井裏で見つけたと言っておられました」

「ほんとか？」

梶村の、仰天の顔が音乃に向いた。

「……ん？」

すると、にわかに梶村の表情が訝《いぶか》しげなものに変わった。

「ところでだ、どうして後藤田は音乃のことを知った？」

「後藤田様は、お義父さまとわたしの存在をご存じでしたようで」

「なんだと？」

「わたしが、以前にいく度か奉行所を訪れたのを見ていましたようで……」

「音乃は、奉行所でも目立ったからなあ」

「ですが、気づいているのは後藤田様だけでして、このことは絶対外には漏らさないとおっしゃっていただけました」

「そういうことであったか。ところで、後藤田のやつ遅いな。宵五ツはとっくに過ぎているが、どうしたってのだ？」

梶村と向かい合ってから、かれこれ四半刻以上が経つ。宵五ツを報せる鐘が鳴ってから、半刻は過ぎているころだ。

「詳しいことは、後藤田から聞くとして、さっき話の中に出てきた丸高屋はどういう具合なのだ？」

「それにつきましては、拙者から……」

丈一郎が一膝進めて語り出す。

「ただ今、丸高屋の主伝八郎の評判と、生い立ちを調べているところであります。それを探りに源三を赤坂に向けてますが……」

「それで、源三の報せはいかがであった？」

「いえ、まだ戻ってないものでして。おそらく、この間にも……」

丈一郎の話を遮るように、廊下を慌《あわただ》しく伝わる足音が聞こえてきた。襖の外で止まると、

「よろしいでしょうか？」

襖越しに、又次郎の声が通った。のっぴきならない報せをもたらせたのか、声が上ずっている。少なくとも、後藤田の来訪でないことは確かだ。

「いいから開けろ」

梶村の声音の大きさに、音乃と丈一郎は互いに顔を見合わせた。不吉な予感に、二人とも顔を顰めている。

襖が開くと同時に、又次郎が言葉を発する。

「只今、定町廻りの高井《たかい》様がまいられております」

「なに、高井が？」

後藤田ではなく、定町廻り同心の高井と聞いて、梶村はすわとばかりに立ち上がった。

「玄関で、お待ちいただいてございます」

音乃と丈一郎がいるのを、知られてはまずいことは、又次郎も心得ている。

「今、行く」

梶村が言い残し、駆け出すように部屋を出ていった。

七

さほど待つこともなく、梶村は戻ってきた。襖を勢いよく開け、縁《ふち》が通し柱に激しく打ちつけられた。ガツンとした音が、尋常でなさを物語っている。

「今しがた、霊巌橋の袂に水死体が揚がったとのことだ」

血の気が引いているか、梶村の顔色が明らかに青みを帯びている。

「まさか……？」

言い知れぬ不安に、音乃の声にも震えが帯びている。

「そのまさかだ。高井が遺体の検分をしたそうだ。高井は、後藤田の顔を知っているからな」

梶村の、苦渋がこもる声音であった。そこには後藤田が殺された無念さと、秘密裏の探索が露見する恐れの、両方が絡み合った複雑な憂いが滲み出ていた。

「…………」

返す言葉も、すぐには見当たらない。音乃と丈一郎はただ唖然とするだけで、梶村の次の言葉を待った。

咽喉から絞り出すような声で、梶村が言う。

「後藤田を、しばらく地方に出張《でば》りという名目で、福富屋の探索に入れさせたのは俺だからな。これも密命でな、後藤田が動いているのは奉行所の中では俺以外は知らない。同心が殺されたということで、高井は真っ先に俺のところに来たのだ。だが、高井の探索はすぐに謀反のほうにもおよぶだろう。懸念するのは、お奉行からの音乃たちへの下命のことだ」

音乃たちが探る丸高屋と、後藤田が探った福富屋の関わりが、今外に漏れてはまずい。

「こいつは、なんとかせんと大変なことになる」

まずは、後藤田の冥福《めいふく》を祈らなくてはならないのだろうが、梶村の気持ちはそこには向いていない。

後藤田殺しで、事件の根幹を知られてはまずい。しかし、同心が殺されたとあっては、北町奉行所の名に懸けても下手人《げしゅにん》を捕縛せねばならない。梶村の憂いは募った。

「一刻も早く下手人を挙げて、後藤田の霊に報いねばの。だが……」

それができないもどかしさに、音乃と丈一郎も答が見つからず応対に苦慮している。

音乃にも、急場の策が見当たらない。

「とにかく、拙者が現場に赴き、どんな状況かを探ってまいりましょうか」

丈一郎が、腰を浮かしながら言った。

「いやちょっと待て、俺が出向こう。丈一郎と音乃は、少し離れたところで様子を見ていてくれ」

ここで考えていても、妙案が浮かぶわけでもない。先のことは、現場を見てから判断を下そうと、まずは動くことにした。

梶村は、着流しの帯に大小を差し、素足のまま雪駄をつっかけ屋敷の外へと出た。供はつけず、自ら提灯で足元を照らして亀島川沿いを霊巌橋へと向かう。

現場まで四町ほどのところを、音乃と丈一郎は、提灯の火を消して歩いた。暗くはあったが、ところどころに灯る常夜灯の明かりと、十間ほど前を歩く、梶村の提灯が道標となった。

霊巌橋のあたりが、一際明るくなっている。御用提灯が照らされているということは、まだ後藤田の骸《むくろ》はそこにあるということか。

町木戸が閉まる、夜四ツに近い。野次馬はほとんどなく、高井が手配した小者たちが数人、現場周囲の警戒にあたっている。

「仏さんは、まだここにいるんかい？」

梶村が、六尺の寄棒《よりぼう》をつっ立てた小者の一人に問うた。

「誰だ……あっ、これは」

御用提灯を梶村の面前に差し出すと、筆頭与力の顔を見知っていたか、小者の腰が直角に折れた。

「高井はいるか？」

「はい。橋の下に……」

「遺体は？」

「まだ橋桁の土台に。これから堤の上に、引き上げるところでございます」

「高井を呼んできてくれ」

「かしこまりました」

御用提灯が一張り動き出すのを、音乃と丈一郎が数間離れたところで見ている。梶村のやり取りは、みな耳に入っている。

提灯の明かりに浮かぶ、黒の羽織は高井であろう。そのうしろにつく長い顔の岡っ引きに、音乃は見覚えがあった。

「あれは、長八《ちょうはち》さん」

音乃の夫であった真之介の生前、手下として働いていた男である。今は、高井の下につく。四月《よつき》ほど前、痲薬が絡んだ事件で世話になったが、それ以後は会ってはいない。だが、この場では顔を合わすことはできない。むしろ、ここにいるのが知れたらまずいと、音乃と丈一郎はあとずさりをするように間合いを広げた。

「ご苦労だな。ちょっと、こっちに……」

現場からいく分離れ、闇の中へと梶村は高井と長八を誘った。明かりは消されるも、相互の話し声は音乃の耳に充分拾える。それを見越しての、梶村の配慮であった。

「梶村様、来ていただけましたか。現場が近かったので、真っ先にお報せしました」

顔が見えずとも、高井の声も闇の中ではっきりと聞き取れる。

「後藤田の死体が挙がったと聞いては、やはりじっとしておられなくてな」

「それはそうでございましょう」

「ここに来ているのは、高井だけか？」

「はい。たまたま長八が近くにおりましたもので、すぐに報せが入りまして……」

「ほかの、町方や岡っ引きは？」

「まだ、誰も来ておりません」

「そうか」

いく分安堵したような、梶村の口調であった。

「それで、どんな状況だ？」

「それが、不思議議でして」

「不思議とは？」

「後藤田さんの形《なり》は、およそ奉行所役人とはかけ離れた、商人が着るような着流しでして。身元を証《あか》すものは、まったく身に着けておらず……」

「懐に、何か入っていなかったか？」

「何かと言いますと？」

「いや、何もなけりゃいい」

後藤田の懐には短筒が入っていたはずだが、賊に抜かれたのだろう。大いに考えられるところだと、音乃は声もなくうなずいた。

「それで、死因は？」

高井の話を途中で遮り、梶村は先を問う。

「腹を、匕首《あいくち》のようなものでひと突き。欄干に血糊《ちのり》がついてまして、そこから川に投げ込まれたのでしょう」

「夜鳴き蕎麦屋が、水音を聞いて遺体を見つけたそうでやす」

長八が、高井の背後から言葉を添えた。

「見つけたのは、夜鳴きの蕎麦屋か？」

「へい。霊巌橋の袂で……」

「ほかに、水音を聞いた者はいないのか？」

「蕎麦屋の話では、めっきりと人通りが途絶え、店じまいを決め込んだところだったと言いやす。それが、宵五ツの鐘が鳴ってから少しあとのことでして」

「……宵五ツの鐘か」

梶村と同じ呟きが、丈一郎の口からも漏れた。巽家の遣戸が叩かれたのと、ちょうど同じころであったからだ。後藤田はそのとき、梶村の屋敷へと向かっている最中であったことが知れる。

「下手人の、目星は？」

「これから探るところでして、まったく」

高井が首を横に振る、空気の動きが感じられた。

「なるほどな」

後藤田に下した密命を、高井は気づいてないらしい。だが、一日もすれば高井は梶村のところに駆け込んで来るはずだ。後藤田を、どこに出張らせたのだと血相を変えて。

「……ならば、仕方がないか」

梶村の呟きは音乃たちに聞こえない。

音乃と丈一郎は、小声ですらも話すことはできないでいる。闇の中で息づかいを殺し、耳を研ぎ澄ませているのを、高井と長八は気づいていない。

「ならば仕方ないとは、どういうことです？」

高井の返しで、梶村の呟きが知れた。

仕方がないと言った梶村から、どんな言葉が次に出るのか、音乃は固唾《かたず》を呑んで聞き入る。

「高井は、この一件から手を引いてくれ」

「なんですって？」

さすがに驚いたか、高井が頓狂《とんきょう》な声を上げた。闇の中で大声が響き、小者たちの顔が闇のほうに向いた。

「おい、声がでかいぞ」

「申しわけございません。それで、手を引いてくれとおっしゃいますのは？」

「いや、手を引けというのは言い過ぎであった。のらりくらりとやって、しばらくは下手人を探さないでもらいたいのだ」

「なぜなんです。こいつは、奉行所を挙げて下手人を捕らえなけりゃいけないでしょうに。筆頭与力様ともあろうお方が、なぜに逆のことを言うんです?」

「実はな、高井。長八も絶対に口にしないと誓うことができるか?」

高井のうしろに長八がいることを、梶村が気にした。

「あっしは、口に焼き鏝《ごて》を当てられても、言うなと言われたことは誰にも喋りやせん」

「そうか。長八は、死んだ巽真之介の片腕だったからな」

長八の信用は、音乃からも聞いていると、梶村は小さくうなずいた。

「むろん身共も、絶対に口にはしません」

「よし、ならば事情《わけ》を話そう。後藤田は、出張りということで、奉行所にはいないことになっている。それは、お奉行からの密命として、ある事を探っていたからだ。それが露見したら、この世がどうにかなってしまうほどの大ごとなのだ。後藤田の懐に入っていたかもしれんのは、短筒だ」

「短筒って、鉄砲を小さくした得物《えもの》ですか?」

「ああ、そうだ。後藤田は今夜それを、俺のところに届けるはずだった。奉行所では手に負えない、どえらい企みが絡んでいてな。そんなんで、まだ誰にも聞かせられない事情があるのは分かってくれ」

梶村は、後藤田の探りを音乃たちの件と合体させた。

「ええ、分かりましたが、蕎麦屋の話では、後藤田さんは殺される前に商人風の男とかけ蕎麦を食っていたようでして。一緒にいた男を捜さないでよろしいので？」

高井の声音では、まだ充分承知していないようにも聞こえる。

音乃は、それが治助と思ったものの声には出せない。

「下手人が分かったとしても、そいつを捕まえるのは、まだ順序が違うのだ」

「と言いますと？」

「後藤田にはすまないが、まだ成仏《じょうぶつ》させられないということだ」

「となると、身元不明に……ですか？」

一瞬間《ま》が空く高井の声に、いく分震えが帯びているのが闇を通して音乃にも伝わってくる。

「ああ、そうだ。今すぐに下手人を挙げるのは、後藤田が命がけで探っていたのに、それが水泡《すいほう》に帰《き》すこととなる」

「ですが、小者たちの中に後藤田さんの顔を知っている者がおりまして」

「知っているのは、何人いる?」

「身共と長八と、あとは二、三人ですが」

「だったら、後藤田と違う男だってのを、言い含めることはできるな?」

「………」

高井から返る言葉がない。明るかったら、首が傾いでいるのが見えるところであろう。

「できるかって、俺が訊いてるんだぜ」

梶村の声音が、小さいながらも凄みを帯びる。

「はい、やってみます」

「やってみますじゃねえ、やらなきゃいけねえんだ。できなきゃ、八王子《はちおうじ》かどこかの番屋に飛ばすぞ」

脅しを加え、梶村の口調はかなり荒くなった。

「はい、やります」

「分かったなら、とりあえず身元不明ということで処理しろ」

「かしこまりました」

きっぱりとした高井の声が、音乃の耳にも聞こえた。

　これで後藤田の遺体は、いっときでも無縁仏となって葬られることになる。その非情さを痛感せざるを得ない。その気持ちが伝わったか、音乃の背中をポンと軽く叩く丈一郎の手があった。

　自分たちだけでなく、殺された後藤田を成仏させるためにも早く事を解決しなくてはならない。音乃は新たな決意を抱いて、さらに深い幽谷に足を踏み入れることになる。

第三章　決死の侵入

一

後藤田の顔を見知っているだけに、音乃の悲痛はいたたまれないほど胸に響いた。幕府への謀反の陰謀を暴くこともさることながら、後藤田の弔《とむら》い合戦の様相をも呈してくる。

「聞いていたとおりだ」

高井と長八が遺体発見現場へと戻り、梶村が闇の中にいる音乃と丈一郎に声をかけた。

「こうするより、致し仕方ないだろう」

後藤田を無縁仏にさせる無念さを、梶村が万感こもる声音で言った。音乃と丈一郎からの返事はない。

「事が解決したら、むろん家族のもとに返してやる。だが、返せるのは魂だけだ」

「梶村様の、つらいお気持ちは充分にお察しします」

独り言のような梶村の言い訳に、ようやく丈一郎が言葉を返した。

「後藤田を、殺した奴と殺させた奴は、必ず地獄へと送ってやる」

梶村の憤りが、空気の振動となって闇の中に伝わってきた。

「音乃と丈一郎で、この件も探ることはできるか？」

「むろん、そのつもりでございます」

きっぱりとした口調で、音乃が答えた。夜が明ければ限られた時は五日だけだが、そんなことは音乃の脳裏にはない。後藤田の無念を晴らすことだけで、今は一杯である。

「高井にああ言った手前、絶対にしくじりは許されん。二人とも、覚悟はできているだろうな」

「むろん。拙者は腹を切る覚悟でございます」

「大奥でも地獄でも、わたしはどこへでもまいります」

丈一郎と音乃の並々ならぬ決意が、闇の中で言葉となって梶村に伝わる。

「よし、二人に任せた。屋敷に戻って、これからの策を練ろう」

「かしこまりました」

夜の帳《とばり》の中で、三人の押し殺す声音であった。すでに夜四ツは過ぎている。町木戸は閉まるが、梶村の顔で難なく通り過ぎることはできた。

眠れない夜となりそうだ。限られた時を無駄にせず、夜さえも有効に使おうと音乃は気持ちを引き締める。

それからのち、梶村の屋敷での話は半刻以上におよんだ。

はたして後藤田は、いかなる話をもたらそうとしていたのか。福富屋から見つかった短筒だけではなく、ほかにも探り出している何かがあるはずだ。そこに、丸高屋が絡んでいることも否《いな》めない。それらが後藤田の中に、要約されていたはずだ。しかし、死体となった後藤田には、それを明らかにする術《すべ》がない。

「無念だが、奉行所としては手が出せぬ。助っ人も出せぬが、本当に源三と三人で大丈夫か？」

北町奉行所挙げての探索ができないもどかしさを抱いたまま、梶村は音乃と丈一郎に事件を託した。

「はい。やる以外にないと」

「必ず、解決してみせます」

梶村の念押しに、丈一郎と音乃は声高に返した。しかし、声音とは裏腹に、重圧が音乃と丈一郎の肩に食い込む。一番の懸念は、時が限られているということだ。それでも源三を加えた三人だけで、事に当たらなくてはならない。その源三は、まだ霊巌島に戻っていない。

音乃が、胸を張って任せてくれと豪語したのは、多分に自分を励ますためでもあった。音乃は、引くに引けない状況を自ら作り上げたのである。


日付けが変わる、九ツを報せる鐘が鳴って間もなく、音乃と丈一郎は梶村の屋敷をあとにした。梶村のところで借りた、御用提灯を掲げて歩けば木戸もすんなりと通れる。夜中であることも忘れ、丈一郎と音乃は事件の余韻を引きずり、語りながら歩いた。

「それにしても、大変なことになったな」

「まさか、後藤田様が殺されるとは……いえ、まさかではなかったのですね」

後藤田が身元を打ち明け、懐に短筒をしまったときから、音乃は不吉な予感に苛《さいな》まれていた。それが現実となって、音乃は背筋が凍る痛さを感じていた。

「とにかく、相手は間者《かんじゃ》が入っていたことを知ったのだ。これからはかなり警戒が厳しくなると思われる。心してかからんとな」

「後藤田様の身元が、相手に露見していたとしたら……」

自分に言い聞かせるような、音乃の呟くような小声であった。丈一郎の耳には、届いていない。

「何か言ったか、音乃？」

「お義父《とう》さまは、どう思われますか？」

「何をだ？」

「もし相手が、後藤田様が北町奉行所の同心だと知ったとしたら、どう動くか？」

「そうなると、おれたちの探りも知れているかもしれん」

昼間、狭い路地で話し合っていたことを、当然相手も知っているだろうとは、容易に想像できるところだ。

「もしや、こちらの素性までも……」

丈一郎が、途中で言葉を止めた。

「お義父さま、誰かが尾《つ》けて……」

音乃の小声を聞いたからだ。

提灯の明かりをつけたまま急に立ち止まりると、一瞬遅れてヒタと地面に雪駄の底がつく音が聞こえた。明らかに、尾けてきた気配であった。

誰か近くにいると、声を出すこともなく音乃と丈一郎の意識の疎通はできている。気づかれたと思ったか、足音が遠ざかり引き返す気配があった。

「どうやら、追ってきたようだな。こっちの住処を知ろうとしていたのかもしれん。念のため、明かりを吹き消すぞ」

提灯の明かりが消え、あたりは漆黒の闇に包まれた。まだ、亀島橋の手前である。家まで、あと二町ばかりを歩かなくてはならない。夜道に当たる月の光はない。闇はずっと先までつづいている。星空を頼りに、行く方向さえ分かれば、ゆっくりと歩を進められる。わずか二町の道を、そろりそろりと四半刻ほどをかけて、家へと辿り着いた。

追っ手の来る気配がないのを確かめ、音乃と丈一郎は横棒を張り渡しただけの冠木《かぶき》門《もん》を潜った。

遣戸を開けると、奥の居間に明かりがついている。

「お帰りなさいませ」

律が、丈一郎と音乃を部屋で迎えた。

「まだ起きていたか」

と言いながら、丈一郎は部屋の中を見回した。

「源三は？」

「いえ。待っておりましたが、来ておりません」

「来てないってか」

「源三さんが来てないなんて、おかしいですね」

必ず報せをその日のうちにもたらすものと思っている。

「いや。あまりにも遅くなったので、直《じか》に家に戻ったのだろう」

音乃の首が傾ぐも、丈一郎がそれを打ち消した。

後藤田が殺されたことで、翌日の手はずが大きく変わることになった。丸高屋伝八郎を探る前に、先に福富屋弥左衛門を当たることにする。

福富屋を探るのには、策が必要である。朝から源三を呼び、手はずの打ち合わせをすることにして、その夜は床についた。

床についても、心の隅に何かが刺さったような傷みを感じて、目が冴えて音乃はなかなか眠りにつけずにいた。

胸騒ぎが、朝までつづいた。

一夜が明け、音乃は目を覚ますも頭がぼんやりとして重い。眠りが浅く、朝方になってうつらうつらとした程度であった。

大奥の使いが音乃を迎えに来るまで、五日後と迫るも音乃の憂いの根源は別のところに向いていた。

自分のことより、源三のことが気にかかる。

たった一夜で、しかも源三である。気にするほうがおかしいと思えど、むしろ厳格な源三だけに、音乃の気鬱《きうつ》が増した。

木剣を振り、一汗かけば憂いも払拭《ふっしょく》できよう。夜が白々と明ける東雲《しののめ》のころ、音乃は寝巻きから稽古着に着替えると、庭へと出た。いつもの朝稽古より、半刻ほど早い。

まだ他人《ひと》は寝静まっている刻である。掛け声を出すことなく、音乃は剣を振るった。ビュンと、空気を切り裂く音があたりに鳴り響く。三度ほど、木剣を振り下ろしたところであった。

「早いな、音乃」

背後から、丈一郎の声がかかった。

「お義父さま……」

「どうやら、音乃も眠れなかったようだな」

「はい。源三さんのことが気になりまして」

「……やはりか」

「お義父さまもですか？」

「うん。さほど危ない探りでもなかろうに、それがかえって気になってな。ここに立ち寄れないほど遅くなることはあるまいに」

大の男が一晩くらいと思うものの、いつもは実直な源三だけに、余計に不安が募ってくるのは丈一郎も同じであった。

「明るくなったら、源三のところに行ってみよう」

それから四半刻後に、二人は動いた。

音乃は動きやすい小袖に着替え、丈一郎は羽織を纏わぬ着流しに、大刀を一本腰に差した。

明け六ツ前に丈一郎は、『髪結い処』と小さな看板が垂れた一軒家の障子戸を叩いた。

「あんたかい？」

源三の女房、お昌《まさ》の声である。

あんたかいと聞こえ、丈一郎は源三の戻りのないことを知った。

「いや、おれだ」

「巽の旦那ですか？」

おれだと言うだけで、お昌は丈一郎の声音を聞き取ることができる。それほどの長い付き合いであった。

障子戸が開き、いつも源三が、かかあとかおっ母と呼ぶ、髪結いの女房お昌が訝《いぶか》しそうな顔を見せた。

「源三はいるかい？」

「まだ亭主は戻ってませんけど。旦那のところに泊まったのではないので？」

たちまちお昌の表情が、険しいものに変わった。

「いや、お昌が心配することでもない。ちょっと遠くに探りに行ってもらったので、戻りが遅くなったら、寄らんでもいいと。朝にでも、こっちから出向くと言っておいたのだ。それが急用ができたのでな、呼びに来たのだが戻っておらんか」

「さようでしたか」

苦しい言い訳であったが、お昌は得心をした。表情が安堵したものとなったが、その分丈一郎を心苦しくさせた。

二

そのとき音乃は、源三を船頭として雇う船宿『舟玄』に赴《おもむ》いていた。

「源三は、昨日から来てねえけど、音乃さんとこを手伝ってるんじゃねえんで？」

亭主の権六《ごんろく》が、訝しそうに訊いた。

「はい。昨夜はちょっと遠くに探りに行っていただきまして。船宿の朝は早いので、もしかしたら、先にこちらに来ているのではないかと」

「さいでしたかい。もし、来やしたら真っ先に音乃さんとこに行くよう伝えときますわ」

「お願いします」

舟玄にも顔を見せてはいない。音乃は家に戻り、丈一郎の帰りを待つことにした。

それから少し遅れて、丈一郎が戻ってきた。

「家には帰ってなかったな」

「舟玄さんにも行ってませんでした」

となると、源三は赤坂に行ってからの足取りが不明となる。

「音乃、とにかく赤坂に行ってみよう」

「はい、お義父さま」

何を差し置いてもという気持ちになった。

この日は福富屋弥左衛門を当たろうと決めていたものを、段取りを覆《くつがえ》す。一刻でも早く赤坂に着くためには、舟のほうが格段と早い。

「先ほどは……」

再び訪れた音乃に、権六が不思議そうな顔を向けた。

「今度は、なんですかい？　まだ、源三は来ちゃ……」

「いえ、そうではないんです。こちらから源三さんがいる場所に行こうと思いまして、舟を出していただきたいのですが」

「こんなに早くから、どちらに？」

「赤坂の溜池あたりまで」

「でしたら、若くて活きのいい船頭をつけやしょう」

権六が、快く応じてくれた。

「おーい、三郎太《さぶろうた》はいるか」

大声を発し、権六は三郎太という船頭を二階から呼んだ。

「へーい」

大きな足音を立てて、三郎太が階下へと下りてきた。

「巽の旦那と音乃さんを乗せ、赤坂の溜池までやってくれ」

「かしこまりやした」

すでに頭に手拭《てぬぐ》いを巻いて、朝っぱらから威勢がよい。三郎太なら、音乃もよく知る若い衆《し》である。小ぶりの小舟である猪牙舟《ちょきぶね》に二人を乗せ、三郎太は櫓《ろ》を漕ぎ出した。筋骨が隆々として、腕の動きが速い。

八丁堀を西に向かい、三拾間堀《さんじっけんぼり》に入ると南に舵《かじ》を取った。三郎太の漕ぐ舟は、安定している。源三が、舟玄では一番の漕ぎ手と認めている男である。迷いもなく舟を進めるところは、江戸中の堀を知り尽くしているようにも見える。

やがて舟は、汐留橋《しおどめばし》の曲がりに来ると、芝口《しばぐち》を抜けて千代田城を巡る外濠へと入った。

虎ノ門《とらのもん》あたりまでは、音乃も丈一郎も、源三が漕ぐ舟で来たことがある。その先は、虎ノ門の橋を潜《くぐ》り、葵坂に至って溜池となる。

舟は、溜池から滝のように水が落ちる落とし口までで、その先へは進めない。そこは三方が石垣で護岸され、陸《おか》に上がる足場もない。

「そうだ、こっからは上がれなかったんだ。ずっと前、日本橋川からあそこに見える鍋島家の中屋敷までと、お侍を乗せたことがあったんですが、そいつを忘れてた」

葵坂の向こうに見える武家屋敷の屋根を指差しながら、三郎太が言った。

「戻らねえといけねえ」

舟は虎ノ門の桟橋まで、引き返すことになった。そこから陸に上がり赤坂までは、歩くことになる。

三郎太は、舟を反転させると再び櫓を漕ぎ出した。溜池から落ちる水の流れで、舟の走りが速くなった。

葵坂から、虎ノ門に架かる橋の下まで来たところであった。

「あれは……？」

最初に目にしたのは、音乃であった。太木の橋脚に何か引っかかっている。来るときは、橋脚の反対側にあって、誰も気づかなかった。

物か人か。それが何かと確かめるには、まだ遠目である。

「三郎太さん……」

音乃に言われるまでもなく、三郎太は櫓の舵《かじ》を浮揚物に向けた。いく分近づいたところで、浮揚物にかすかに動きがあった。

「三郎太、早く漕げ」

丈一郎が、三郎太を急《せ》かせた。目一杯の力で櫓を漕ぎ、堀の流れと相まって猪牙舟は橋脚に向かって突進した。そのまま橋脚にぶつかれば、激突する速さとなった。振り落とされないようにと音乃は、小椽《こべり》につかまる。

さらに近づくと三郎太は櫓を漕ぐ手を止め、流れに任せた。それでも惰性で舟の進みは速い。三郎太は、櫓を立てて舟の速度を緩めた。

浮遊物まで五間と迫ったところで、それが何か知れた。ざんばら髪にさせた頭を水の上に出し、首から下が水に浸かっている男の姿であった。

「……源三さん」

目を瞑《つむ》り、顔を紫色に変色させているも、それが誰かと音乃は一目で見抜いた。

「源三、しっかりしろ！」

丈一郎が大声で激励するも、橋脚にしがみつき、流れから身を守っている源三の力はすでに限界に達していた。力尽きたか、源三はしがみつく腕を橋脚から放した。

「いけね……」

源三の体が流れに乗って、橋の下を潜ったのを見ると、三郎太は止めていた櫓を漕ぎ出した。源三の体の流れよりも速くし、川下に舟を回す。そして、水棹を川底に差し、岸と直角に向けて舟を止めて、源三の体をくい止めた。

「しっかりしろ、源三！」

「お願い。しっかりして、源三さん！」

丈一郎と音乃は、声を嗄《か》らして励ますことしかできない。

「……どうやって引き上げようか？」

三郎太の、呟《つぶや》きが聞こえた。

猪牙舟では、川の真ん中で源三を引き上げると、舟が転覆してしまう。源三の体はただでさえ重いのに、水を含んでいてはなおさら重い。

「源三さん、もうちょっと我慢してくださいよ」

一町先に、虎ノ門の桟橋がある。そこまで行ければなんとかなると、三郎太は源三の体を、細縄でもって舟の艫《とも》にある櫓へそに縛った。

源三の顔が、水面に潜《もぐ》ったり浮かんだりしている。水に浮くと苦しげな顔をする源三に、まだ生きていると実感できてほっとする。だが、それがどこまで耐えられるのか。

——真之介さま、お願い。源三さんを連れていかないで。

音乃の願いはどこまで叶えられるのか、一息する猶予もない。

水面につき出した桟橋の杭に、前と後ろの舟梁《ふなばり》を固定させれば転覆することはない。

丈一郎と音乃が、同時に縄を杭に縛った。

「おいっち、にの、さん」

三郎太の号令が数回繰り返され、音乃も丈一郎も目一杯の力を振り絞って源三の体を引っ張り上げる。

ようやく三人の手で引き上げられると、源三は舟の胴間《どうま》へと寝かせられた。自ら水を吐いたところは、まだいく分の力が残っているようだ。ただ、着物の背中が、刀で斬られたように袈裟《けさ》懸《が》けに裂けている。刃先は体にも達し、一尺ほどの長さの傷となっていた。傷口はふやけ、出血は治まっている。幸いにも、皮一枚が斬られただけの薄い傷痕であった。

「傷は浅いが、一晩中水に浸かっていたようだ。これでもって助かるなんて、なんてえ運の強い野郎だ」

声を震わせながら、丈一郎が言った。

「源三さんの、生きる力が勝《まさ》ったのですね」

咽喉《のど》が痞《つか》え、洟《はな》を啜《すす》りながらの、音乃のくぐもる声音であった。

しかし、源三の心の臓は動きがあるも鼓動が小さく、意識は遠のいたままだ。丈一郎が、柔術で習った蘇生の応急処置を施《ほどこ》す。胸を押して、心の臓に刺激を与える。

「源三さん、死んじゃ駄目！」

聞こえているか否かも分からずに、音乃は大声で源三を励ます。

三郎太は、目一杯の力を込めて舟を漕ぐ。

その甲斐《かい》あってか、源三は命を取り留めたまま、舟玄の桟橋に着くことができた。

舟玄の若い衆たちの手を借り、源三の体は舟から降ろされる。音乃は舟から降りると、一目散に医者の源心《げんしん》を呼びに行った。

戸板に乗せられ、堤に上がったところで源心が駆けつけた。

「源三さん、聞こえるか？」

耳元で、源心が大声を発する。

「聞こえたら、この指を握れ」

源心の人差し指が、源三の開いた掌《てのひら》を押している。すると、源三の手がかすかに動き、源心の指が力なく握られた。声は聞こえているようだ。何よりも、命があってほっとする、音乃と丈一郎の安堵の息が同時に聞こえた。

「よし、まだ命は保っているようだ。急いで家の中に入れなさい。治療は、それからだ。濡れた着物を着替えさせ……」

床《とこ》を敷け、湯を沸かせ、部屋を暖めろと、源心の指示はてきぱきとしていた。

船宿の一部屋に床が敷かれ、まずは背中の治療を受けた。

「鋒《きつさき》が骨まで達していなくてよかった。あと一寸、いや五分も深く抉《えぐ》られていたら、到底命は保《も》たなかっただろう。なんという、生命の力だ」

治療を施しながらの、源心の呆れるようなもの言いであった。

「源三さんを斬った得物は、刀ですね？」

「いや……」

音乃の問いに、源心は小さく首を横に振った。

「これは、刀傷だな」

源心の代わりに丈一郎が、傷口を見ながら口にした。

「なぜに、お義父さまは刀だと？」

「匕首だと、こんな長い傷にはならん。柄が短い分、傷も短くなる。これほどの長さに斬られれば、匕首ならば傷が深く骨まで達するはずだ」

「なるほど。すると、刀の鋒《きっさき》がかすった傷ってことですね」

「ああ、おれにはそう見える」

「となると、相手は武士ってことですか」

誰が源三をこんな目に遭わせたか。今は、当人が意識を取り戻すまで待つ以外にない。

三

源三の容態は、予断を許さぬ状態であった。

医者の源心の診《み》立ては、

「この二日が山だ。意識が回復するまでは絶対安静にさせ、誰かが看ていてあげんといけない。それも何かあったらいかんから、すぐに呼びに来れるよう、できれば二人ついていなくては駄目だ」

意識の回復どころか、生死の境をさ迷っているという。

しばらくして、女房であるお昌も駆けつけ、源三の看病にあたる。

「ごめんなさい、お昌さん。源三さんをこんな目に遭わせて……」

深く頭を下げ、音乃が詫びを言った。

「いいえ。亭主がドジだから、こんなことになるんです。何も、音乃さんが謝ることはありません。音乃さんの仕事を手伝ってるときの、亭主の生き生きとしている姿を見てると、あたしだって張り合いが沸いてくるんですよ」

「お昌さんからそう言われると……」

音乃の胸に、込み上げてくるものがあった。音乃とお昌は、十五歳ほどの齢《とし》の差があるも、二人は慣れ親しんだ口ぶりである。それもそのはずである。音乃は身形《みなり》を変えるたびに、お昌の髪結いに出向く。丸髷《まるまげ》から娘島田《むすめしまだ》にするのも、また逆の場合もお昌の手を借りていたからだ。

すでに源心は、『――何かあったら、すぐに知らせに来なさい』と言い残し、医療所へと帰っていった。

今、部屋にいるのは音乃とお昌、そして寝ている源三だけである。

源三の顔色は、依然として青みがかった紫色だ。血の気がまったく失われている。

それから四半刻ほどした、朝四ツ近くになって律が駆けつけてきた。丈一郎が、律を呼びに行ったのである。

「私が代わりに看ていてあげるから、あなたは行ってらっしゃい。やることがたくさんおありなのでしょ？」

律なりに、事件のことが気になるようだ。あと五日しかない時限も、すでに一日の半分は過ぎている。この間に、源三をこんな目に遭わせた者、後藤田を殺した下手人を探し出し、そして丸高屋と福富屋の陰謀を明かさなくてはならない。

やるべきことが山のようにあったが、音乃は大きく首を振った。

「お義母さま、ありがとうございます。ですが、源三さんが生きるか死ぬかの瀬戸際というときに、それどころではございません。源心先生もあと二日が山だとおっしゃっています。源三さんがこんな目に遭ったのもわたしのため、お昌さんといっしょにずっと看ていて差し上げます。そうさせてください」

そこに、丈一郎が音乃を説きつける。

「音乃、気持ちは分かるが、源三の看病は二人に任せよう。お昌さんが傍《そば》にいれば、源三も落ち着いていられるだろう。これから、赤坂に行かんか？」

「あたしからも、お願いします」

ずっと源三の顔を見やっていたお昌が、音乃に顔を向けた。

「亭主が、寝床の中で言っているような気がしてなりません。あっしをこんな目に遭わせた奴をとっ捕まえてくれと。ですからあたしからもお願い」

言ってお昌は、うな垂れるように首を下げた。お昌の言葉が、音乃を動かすこととなる。

「分かりました。お義父さま、赤坂に行って源三さんの足取りを探ってきましょう」

うまい具合に、船頭の三郎太の手が空いていた。

三郎太の漕ぐ猪牙舟に乗って、この日二度目の舟行であった。同じ水路を使って、虎ノ門を目指す。

「わたしが伝八郎の生い立ちを当たってきます」

「ならば、おれは赤坂の店のあたりを聞き込んでこよう」

溜池の前まで来て、音乃と丈一郎は二手に分かれた。

赤坂の店から一ツ木町までは、五町ほどさらに歩くことになる。

この日も、残暑が厳しい日であった。長月《ながつき》も初旬ともなれば、秋の気配がかなり漂ってきてもよい時候だが、まだ銀杏《いちょう》や欅《けやき》の葉は青々としている。

一ツ木町に来て、音乃は丸高屋伝八郎の、今はしもた屋となって大戸が閉まる生家の前に立った。来るときに、まだ丸高屋の持ち家であることは聞いている。家の回りを一周するも、人が住んでいる気配はなかった。ただ、ここに何かがあるとの勘は働いている。音乃は、中を探りたい衝動に駆られたが、閂《かんぬき》の掛かった裏戸をこじ開けてまでの意気込みはまだない。

「……ここは、何かつかんでからでも遅くはない」

その前にやることがあると、音乃はしもた屋から離れた。昨日の、源三の足取りを探るのが先だ。

「きのうの夕刻にかけて、四角く鬼瓦《おにがわら》のような顔をした、図体の大きい四十半ばの男の人を見かけませんでしたか？」

同じ問いを発して、赤坂新《しん》町、田《た》町あたりの町屋を半刻ほど歩くと、数人から覚えがあるとの答があった。ついでにと、丸高屋の昔のことを聞いてみたが、それに関してはみな同様に首を捻《ひね》った。

すでに正午は過ぎて四半刻が経っている。丈一郎とは、昼八ツに丸高屋の赤坂店の近くで落ち合うことなっている。聞き込みに回る時は、もうさほど残っていない。そんな焦りが生じたとき、

「そんな男は来なかったけど、丸高屋の昔のことを知りたいってかい。だったら、八《はち》兵衛《べえ》店《だな》のお熊《くま》さんに聞いてみたらどうかね。昔、そこに奉公してたっていうから」

訊ね歩いた一軒で、こんな返答があった。八兵衛店の場所を聞き、音乃は急ぎ足を向けた。

お熊の住処は、すぐにみつけることができた。

「おやまあ。こんな掃き溜めに、よくこんな別嬪《べっぴん》さんが来たもんだね」

出てきたのは、七十歳になろうかという老女であった。音乃に向けて笑みを浮かべるも、せっかくの愛想が皺に隠れてしまっている。

「お熊さんですか？」

「ああ、そうだが」

「きのうのことですが……」

「ああ、来たよ。なんだか、丸高屋の昔のことを訊いてたけど」

「お熊さんは、昔そこでご奉公なさっていたと」

音乃は、三十五年ほど前に先代丸高屋で何があったかを訊いた。

「ああ、そんときのことかい。ある日突然、ご新造さんが御城の大奥に連れていかれちまってね……そんなこと、きのうの男にも話したっけ」

音乃は、呆然としてお熊の話を聞き取った。

「大奥……そのへんのこと、もっと詳しくお聞かせください」

ただでは聞きづらいと、音乃は髪に差してある柘植《つげ》の櫛《くし》をお熊の膝元においた。

「わたしの大事にしている物なの。お熊さんに差し上げます」

物で釣るのはいかがなものかと思っても、音乃の気持ちは、それほど切羽詰ってい
た。

「欲しいけど、いらないよ。今さら飾ったところで、いい男なんかつきゃしないしね。気持ちだけ受け取っとくから、頭に挿しときな。それほど、大事な話なんだねえ」

「はい。生きるか死ぬかというほどの。きのう来た男の人は、わたしのお仲間なんです」

「だったら、その人から聞かなかったのかい？」

「それが、今……」

ここが重要と、音乃は源三の容態を語った。

「あのあと、そんなことになっていたのかい。知らなかった」

「知らないのは、当たり前のことです。でも、一命は取り留めたのでご安心くださ
い」

「そいつはよかった。丸高屋の話だが、あれは三十と五年ほど前……」

大奥からの御使いが来て、丸高屋伝八郎の母親を連れていった話は、音乃にとって

身につまされるものであった。音乃の場合と異なるのは、十日の猶予がまったくなかったことだ。いきなり女乗物が店先に横付けされ、『上様のお召し抱えだ』のひと言でもって連れていかれる様子を、お熊は目《ま》の当たりにしていたという。

当時十歳の伝八郎が、三日三晩泣き明かしたとの話は源三にも語っている。

それからというもの伝八郎は、父親に商いのいろはを教わり、十五歳で家を継ぎ今の身代を築き上げたとのことである。

「日本橋に店を出してから、伝八郎坊ちゃんとはお見限りになったけど……」

この先は、源三には語ってない話である。

「一月《ひと》ほど前、久しぶりにお店の前を歩いているとね、伝八郎坊ちゃんらしき人とね、ばったり出くわしたのさ。裏の路地から、出てくるところだった。ずいぶんと齢を取ってたけど、あれは伝八郎坊ちゃんに間違いなかった。『坊ちゃん……』て、あたしが声をかけると、脇を向いて知らん振りをしてたけどね。お連れの手前、そうせざるを得なかったような気がしてね、あたしも気を使ってその場を立ち去ったさ」

「お連れさんがいたと……?」

「ああ。とても、おっかなそうな人だった」

「おっかなそうって……?」

「あれは、化物《ばけもの》だよ。六尺以上もあって、腰だけでもあたしの背丈と同じくらいだった。頭の毛は茶色で、鼻が富士の山ほど高く、目が奥に引っ込み目ん玉の色が青いってんだから。あんな面相の男、この国にはいないね。だけど不思議だと思ったのは、変な面相だったけど、身形《みなり》格好はまったくこの国の商人なんだよね」

お熊の話を聞いていて、音乃の脳裏にある男の顔が浮かんだ。横顔ではあったが、その見覚えに心の臓の鼓動も高まる。

「……福富屋弥左衛門」

音乃の呟きに、お熊の話が重なる。

「そうそう、もう一人いた。若い男のようだったけど、横顔しか見なかったがね、その男も色が白く、鼻がやっぱり高く見えた。髪の毛は赤っぽく、長い髪を元結《もとゆい》で縛ってあったね。まるで、馬の尻尾《しっぽ》のようだった。着てるもんははっきりとは覚えてないが、なんだか派手な色の伊賀袴《いがばかま》みたいなのを穿いてたね」

これも絵図で見たものだが、異国の衣装にも思える。

——福富屋弥左衛門に異人……そして、丸高屋。

音乃の脳裏に、武器調達の図が浮かび上がった。

お熊から聞き出せたのはここまでであったが、大きな収穫であった。

八ツの鐘が鳴る前に丈一郎と落ち合い、帰りは芝口まで戻ると、そこの舟宿で船頭を雇い川舟に乗った。

丈一郎にさしたる収穫はなく、昨日源三が聞き込んだのと同じ話が音乃になされた。そして音乃が、お熊から聞き込んだことを語った。

「伝八郎の母親が、大奥に連れてかれたってのには驚かされたなあ」

大奥と聞こえ、船頭の顔が向いた。だが、すぐに顔を戻す。櫓に気持ちを集中させなくてはならない、掘割りの幅であった。

「さて、これからどう動くか」

霊巌島に着くまで、まだ間がある。その間に、今後の手はずを語ることにした。

「今、それを考えているのですが……」

「ならば、これから日本橋の丸高屋に乗り込もう。伝八郎を絞め上げてでも白状させるのが、一番手っ取り早いだろうからな」

しかし、ただ勢いだけで闇雲に乗り込んでも、はたしてうまくいくかどうか。

「そう簡単にはいくまいのう」

丈一郎が自分で言い出し、自分で引っ込めた。

「お義父さま、あながち捨てたお考えではないかと」

音乃も、丈一郎の考えに思うところがあった。だが、手ぶらで乗り込むのでは、勇み足にもなりかねない。

「ですがそれには一つ、相手をぎゃふんと言わせるための強力な証しを……」

音乃の、言葉が途中で止まる。

――ペイストル。

鉄の塊が、脳裏をよぎったからだ。それと、後藤田殺害の絡みもある。正面から丸高屋を探るより、搦《から》め手から入ったほうが早いと音乃は踏んだ。

「お義父さま、先に福富屋にまいりませんか。考えがあります」

策が閃き、その手立てを端的に語った。

「そんなんで、うまくいくかな？　たとえうまくいったとしても、あまりにも危なすぎるぞ」

乗り気のない、丈一郎の返しであった。

「いずれが駄目でも、命を失うのです。それが、早いか遅いかだけのことと……」

「そうだったな。お奉行と梶村様、そしておれが腹を切り、音乃は胸を刺すのであった」

冗談ともつかない丈一郎の話に、またも船頭の目がちらりと向いた。

「福富屋弥左衛門の口から、丸高屋伝八郎との関わりを聞き出せれば、証しがつかめます。これから舟玄さんに戻って、乗り込むための仕度をいたします。源三さんの様子も気になりますし」

舟の上で、福富屋に乗り込む手はずが語られた。

四

舟玄に戻るも、律の姿はなかった。

「ちょっと用事があるとおっしゃって、お家に戻りました」

お昌が一人で、源三の傍についている。

「なんだ。ついてなくてはいかんのに、仕方のない奴だ」

丈一郎が、辛みを言った。

「いいえ、奥さまはある物を取りに。でも、あれから四半刻は経ってます。すぐに戻るとおっしゃってたのですが……」

船宿と巽家は、一町ほどしか離れていない。物を取りに行ったにしては、少し時がかかりすぎている。

源三の容態はまったく変わらず、意識を取り戻していない。頭の中には、昨日聞いたお熊の話が詰まっているのだろうと、音乃は源三の寝顔を見ながら思った。

——源三さん、いったい誰に襲われたの？

口に出して問うても、今の源三は答えられない。音乃が、ふっとため息をついたところであった。

家に戻っていた律が、声もかけずに襖を開け、血相を変えて入ってきた。

「音乃、帰ってたかい」

尋常でない律の様子に、音乃の首が傾いだ。

「はい、たった今……」

「慌てしくさって、どうかしたか？」

丈一郎の問いに、律が声を振り絞って言う。

「大変ですよ、あなた」

「だから、なんだというんだ大声で。ここには、病人が寝ているんだぞ」

丈一郎が声音を一際高くして、律をたしなめた。

「ちょっと、お隣の部屋で……ごめんなさい、お昌さん」

「はい」

お昌にこれ以上の気煩《きわずら》いはさせたくないと、三人は隣の部屋へと移った。

「きっ、来たのですよ。おっ、大奥……」

丈一郎と律のやり取りを、音乃は悲痛な面持ちで聞いていた。嬉しい報せではないことは、律の表情からして読める。

「大奥の御使者である三宅様って人が来て、上様の言上とかなんとかおっしゃって、音乃を明後日《あさって》に迎えに来ると……」

「十日は経っておらんではないか」

「上様が、待っておられないとか言われましたとか。私は何も答えることができないまま、『申し渡したぞ』と言われて戻っていかれました」

「明後日ってか……」

となると猶予は二日減って、中一日しかない。しかも、この日はすでに半分過ぎている。音乃に残された日は、実質一日半しかなくなった。

「お義母《かあ》さま、大奥からのお迎えの刻はいつごろと？」

「昼八ツごろと聞いております」

延びても、たった半日である。それを足しても動ける時は都合二日である。

——たった二日で、いったい何ができるというの？

「でも、やるより仕方ございませんね」

気持ちを切り替え、音乃は口にする。

「お義父さま、すぐにまいりましょう」

行く先は、十軒店町近くの福富屋と、舟の上で決めてある。

「よし、すぐに音乃は仕度しろ」

「いつでも動くと思ってね、わたしはこれを取りに行ってたのですよ」

律が懐《ふところ》から取り出したのは、袱紗に包まれた短身の十手《じって》であった。

「まだ、必要になるかどうかも分からんが、一応もっていよう」

音乃は立ち上がると、源三が寝ている部屋の襖を開けた。

「お昌さん、急いで娘島田に結い直していただけます？」

「でも、何も道具が……あっ、その髪型だったらすぐにでも」

髪を結い直している間に、律は音乃の着替えを取りに行く。町屋の十七娘に扮装するため、それぞれが同時に動いた。丈一郎は、文机を借りて書き物をしている。音乃は、髪が結い直る間、顔に若返りの化粧を施した。

四半刻ほどして、音乃の支度が調《ととの》った。多少化粧を厚めにして五つも若く見せる。

音乃は黄八丈《きはちじょう》に着替え、町屋娘に変化していた。丈一郎が書いた書簡を懐に入れ、音乃が立ち上がるのと同時に、夕七ツを報せる捨て鐘が鳴った。

日本橋十軒店町までは、歩くと遠い。江戸橋から西堀留川《にしほりどめがわ》に入り、堀留町まで舟で行けば四半刻は短縮できる。三郎太に、舟舵を任すことにした。

夕刻というにはまだ早い。

日が西に傾いたころに、音乃は福富屋の店先に立つことができた。

丈一郎は、福富屋から十間ほど離れ、遠目からその様子を観察している。

音乃に懸念があるとすれば、主弥左衛門が在宅しているかどうかである。いないとすれば、帰るまでどこかで過ごす以外にない。それだけ無駄な時を費やすこととなるので、できれば避けたいところだ。

――どうか、家におりますように。

音乃は祈る気持ちで、福富屋の暖簾《のれん》を潜った。

夕方となり、職を求める客が多くなるころである。口入屋が一番混むのは、朝方である。その日の仕事にありつこうと、職を求める客でごった返す。昼は、それが落ち着き、一段落といったところだ。そして夕方になるとまた、翌日の仕事を求める客が殺到する。表向きの口入屋は、そんな毎日の繰り返しであった。

外見は、なんの変哲もない口入屋である。しかし、一皮剝けばご禁制の品を扱う闇の手配師である。福富屋が、明らかに手を出していたと見られるのが、武器の売買。丸高屋と手を組んで幕府転覆の片棒を担っていると、音乃たちは目星をつけていた。丸高屋との関わりは、お熊の話を信じることにした。それと、後藤田三木助の殺害に関与している疑いが強い。

まずは屋根裏に十丁のペイストルがあったのを、後藤田三木助が見つけ出した。他所《よそ》に、どれほど隠しもっているか。

企てを暴くために、音乃は深く入り込むのである。これは後藤田の、弔《とむら》い合戦ともなった。その証しをもって、丸高屋に乗り込もうとの算段である。

この日の音乃のいでたちは、黒襟に黄八丈の小袖を着込んでいる。足元は、朱色の鼻緒に朝顔の刺繡《ししゅう》が施された小町下駄《げた》を履いている。さらに念を押した、若造りであった。白粉《おしろい》を万遍に塗り化粧を濃くしている。眉墨で眉を若干太く書き、目尻にも細く墨を入れて切れ長にしてある。頰は、薄く紅を塗り、さらに齢《とし》を若返らせている。

この変装を、音乃は船宿舟玄の客部屋でおこなった。

一見は、長屋暮らしの職人の娘といったところである。昨日、福富屋の前に立ったときとは、まったくの異なりを見せている。一目では、同人物とは見分けはつかないはずである。

音乃は、店先で一呼吸置いた。

「ごめんください」

敷居を跨《また》ぎ、音乃は誰ともなく声をかけた。五、六人いる奉公人の目が、一斉に音乃に向いている。職を求める客たちも、同時に音乃に視線を向けた。

音乃の艶《あで》やかさは、男たちの目を惹《ひ》きつける。そんなぶしつけな視線を、音乃は土間に目を向けて避けた。

うつむく音乃に、だみ声がかかった。

「おや、娘さん。こんなところに何か用事かね？」

口調からして、若い娘が一人で訪れるのは珍しいことのようだ。

声に目を向けると、福富屋と襟に抜かれた黒半纏を小袖に重ねた、少し齢のいった番頭風の男が音乃に近づいてきた。後藤田も、同じ半纏を纏っていた。それが、昨夜何者かによって殺害されている。音乃は、この中に下手人がいるのかと奉公人たちを見回すが、むろん判別できるものではない。

「番頭さんでございますか？」

「ああ、そうだが。何か、職を探してるのかい？」

「いいえ、そんなことではありません」

首を振り、音乃はいく分の間を置いた。

「ご主人さまは、今ご在宅でしょうか？」

「ああ。奥にいるが、主に何か用か？」

弥左衛門が在宅であることが分かれば、ここはそれでよし。いよいよこれからが、無謀とも思われる策の幕開けである。

音乃は再びうつむき、土間に向けて口にする。

「お父っつぁんに、会いに来ました」

「なんだって？」

もぐもぐとした音乃の小声に、番頭が訊き返した。

「こちらのご主人は、弥左衛門さんというお名でございますね？」

音乃は顔を上げて、番頭に問うた。

「ああ、そうだが。主に何か……今しがた、お父っつぁんって聞こえたが？」

「はい。そのお父っつぁんに会いに来ました」

今度は、あたりにも聞こえるようなはっきりとした口調であった。

「お父っつぁんて、うちの主がか？」

「はい。そうと知って、いたたまれず来ました。お父っつぁんに、どうか会わせてください」

音乃は三和土《たたき》に土下座をし、土間に額を押しつけるほどに哀願した。奉公人たちが客をそっちのけ、一様に驚く顔を音乃に向けている。客たちも、いったい何があったかとざわめきはじめた。

「どうかお願いします」

「いいから、頭を上げなさい」

番頭は、店内を見回しながら言った。客の手前、困惑している様子がひしひしと音乃にも伝わってくる。むしろ、その客たちがあと押しをしてくれると、音乃は踏んでいた。

番頭に向けた音乃は涙目であった。一世一代の、渾身の芝居に打って出た。

「旦那に会わせてやれよ」

「かええそうじゃねえか」

目から涙を溢れさせ、音乃の懇願する姿が客たちの同情を買った。

「とにかく、旦那さまに報せんとな。娘さん、ちょっとここで待っててくれ」

驚く顔で言い残すと、番頭は駆け込むように奥へと入っていった。やがてドタバタと、奥の廊下から足音が聞こえてきた。

「旦那さまが会うと言っている。ついてきなさい」

しめたと思いながら、番頭のうしろに音乃が従った。

廊下をいくつか曲がり、部屋の前に止まると、

「旦那さま、娘を連れてきました」

番頭が、襖越しに声をかけた。

「入りなさい」

音乃は一歩部屋に足を踏み入れると、すぐさま畳に顔を伏せた。

「娘さんか、わしを父親と呼ぶのは」

「はい」

「わしの前に、座りなさい」

「はい」

音乃は顔を伏せながら、三尺離れて座るとそのまま畳に顔を伏せた。

「いいから、顔を上げなさい」

音乃は、顔を上げる前に懐から一通の書簡を取り出した。出かける直前に、丈一郎が書いたものである。

「先に、これを読んでください」

顔を伏せたまま、音乃は書簡を持った手を差し伸ばした。

「こんな物が、あたしの家に投げ込まれまして……」

「なんだこれは？」

と、顔をしかめながら弥左衛門が受け取った。そして、一読する。

〈お音の本当の父親をしりたければ　福富屋の主弥左衛門をたずねよ　その男こそ実の父親……〉

云々《うんぬん》と、認めてあった。

「娘さん、顔を上げなさい」

弥左衛門から言われ、音乃はようやく顔を上げた。六尺にも届く体は、座ったままでも音乃を見下ろす形となる。音乃はその分見上げて、初めて弥左衛門と正面で向き合った。

五

音乃が福富屋の中に入ってしばらく経つも、丈一郎はまだ屋敷の周りをうろついている。

裏の潜り戸に閂が掛かっていて、屋敷内に入れずにいた。庭に隠れて、音乃に何かがあったら踏み込もうとの算段であった。庭木の松や楓《かえで》の葉が板塀の上にせり出し、隠れるところは多そうだ。

音乃がなかなか出てこないということは、策が効を奏しているものと取れる。侵入できないもどかしさに、丈一郎の焦燥が募る。

弥左衛門の隠し子などというとんでもない事情をでっちあげたのである。それが露見するのにさして時はかからないと思える。

「早く屋敷の中に入らんと、音乃は危ういことになるぞ」

丈一郎は、板壁に目を向けながら独りごちた。潜り戸の閂を中から外さないと、屋敷の中には入れない。

人目のつかない路地裏で、丈一郎は手を拱《こまね》いていた。すると、路地を一つ隔てた空き地から、子供たちの蹴毬《けまり》で遊ぶ声が聞こえてきた。

近在の長屋に住む子供たちが、狭い空き地を占領して遊んでいる。丈一郎は、四人で遊ぶ悪たれ小僧たちの輪の中に入った。

「おじさんにも、やらせてくれ。これでも蹴毬はうまいんだぞ」

「やだい」

「いいから、貸してみろ」

襤褸《ぼろ》切れを丸く固めて縫い合わせた毬を、嫌がる子供たちから無理やり取り上げると、丈一郎は空中高く蹴り上げた。飛んだ毬が、福富屋の塀を越して行く。

「爺さん、どこに向けて蹴ってるんだよ」

口をそろえて、子供たちが丈一郎を詰《なじ》った。

「すまなかったな、坊主たち。毬を取ってきてくれ」

「どうやって、取りに行くんだよ。爺さんが蹴ったんだから、爺さんが取りに行けよ」

「そうだ、そうだ」

ほかの子供たちも、一斉に囃《はや》す。爺さん呼ばわりをする、かわいげのない餓鬼《がき》どもと思うものの、非は丈一郎にある。

「あの店の人に言えば、裏の潜り戸の閂を開けてくれる。俺が頼んでやってもいいんだが、大人《おとな》が行っちゃ盗人と間違えられんとも限らないからな。そうなると、毬を取りに入れないことになる。早く行かんと、毬はあの家のものになっちまうぞ」

子供たちに言い聞かせるも、一様に口を尖《とが》らせ得心していそうもない。

「おれも悪かったから、みんなに駄賃を上げる。だから、怒らないでおとなしく毬を取ってきな」

一人頭四文ずつ十六文の出費となったが、背に腹は代えられない。

「銭をくれるんじゃ、しょうがねえなあ」

ませた口の利き方である。

「絶対に、おれが蹴ったと言うなよ」

「分かった」

一人四文は、子供にとってかなりのこづかいである。喜び勇んで、子供たちは店の正面へと回った。

「庭の中に、毬が入っちゃった。おじさん、取らせてくれる?」

子供たちの願いを、番頭が聞き入れた。

「おい、誰か裏の潜り戸を開けてやれ」

その声を外で聞いて、丈一郎はもとへと戻った。

丈一郎がもの陰で待っているうちに、板塀の潜り戸が開いた。子供たちが一斉に中へと入る。

「拾ったら、言いにきな。門を掛けなきゃいけねえんでな」

「分かったよ、おじさん」

福富屋の若い衆は、子供たちの返事を聞くと店に戻っていった。やがて、子供たちが出てくる。大切な毬が見つかり、その上四文の収入があれば機嫌がよい。四人そろって、店先へと向かった。

「今だ」

様子を探りながら丈一郎は潜り戸から中に入り、隠れる場所を探した。母家《おもや》の玄関に通じる建仁寺垣《けんにんじがき》が、ちょうどよい身の隠し場所となった。だが、三百坪ほどある広大な母家の、どこに音乃がいるかまではまったく分からない。

そのとき音乃は、福富屋の主弥左衛門と向かい合っていた。

面と向かって見ると、やはり、風貌はお熊から聞いたのと同じであった。

いく分茶色がかった髷《まげ》は商人風に結われてある。だが、改めて見ると、驚くほどに異相だ。目は奥に引っ込み彫りが深く、瞳が海の色のように青く透き通っている。鼻は富士の山のように高く、肌は白粉《おしろい》を塗ったように白い。音乃は異人の知識はあったが、近くで目にするのは初めてである。お熊が、怖がったのもうなずける。なぜに鎖国政策をとるこの国では、異人が住める場所は長崎出島《ながさきでじま》と限られている。なぜに他所の国の人が、大店の主に納まっているのかと、音乃の首が傾いだ。

音乃の思いに気づいたか、弥左衛門からの第一声があった。

「わしは、こんな面相をしているがな、誰がなんと言おうが生粋の日本人だ」

初めて、弥左衛門が音乃にかけた言葉であった。口調といい、言葉に訛《なま》りもまったくなく、話す言葉に違和はどこにも感じられない。

「人にどう思われようが、そんなことはどうだってよい」

面相に関しては、一切気にしていそうもない。弥左衛門が、話を本題に向ける。

「娘の名は、なんという？」

「はい、音と申します」

音乃は、いく分名を違えて言った。町屋娘らしくない名であるからだ。

「そうだった。書簡にお音と書いてあったな。だが、その名にわしはまったく覚えがない。それはいいとして、お音がわしの娘であるという証しは、この書簡だけではなんとも言えん。というより、出鱈目《でたらめ》もいいところだ。いったい誰が、こんな書付けをもってきたんだね？」

真っ向から否定されることは、端から承知である。それに、顔の造りの違いはどう見ても、血のつながりがあるとは思えない。音乃自身も、認めるところだ。

「やはり、間違っておりました。わたしの感情が先走りまして、うろたえてしまいました。お忙しいところ余計な話を持ち込み、ご迷惑をおかけいたしまして、申しわけございませんでした」

親子の縁など、音乃にはどうでもよい。こういったときの返答は、あらかじめ考えてあった。弥左衛門と膝を交えることが、本来の目的であったからだ。的《まと》を前にして、どうやって射るかがこれからの音乃の戦いとなる。わずかでも不審が見られれば、相手は責め立ててくるはずだ。

「これで、失礼をさせていただきます」

肩を落としがっかりした口調で言うと、音乃はゆっくりと腰を浮かせた。相手に警戒をさせないための、これも筋書きである。願わくば引き止めてほしい。ここは音乃の賭けでもあった。

「待ちなさい。そんなに慌てて行かなくてもよかろう」

掌《てのひら》を下にして、弥左衛門が音乃の動きを止めた。そこを動くなという仕草に、音乃は浮かせた腰を、すぐさま元に戻した。

弥左衛門は手にする書簡を、音乃の目の前で破り捨てた。

「これで、よいな」

弥左衛門の怒りが、自分のほうに向いているとも思える。

「はい」

顔色を変えまいとするも、心が先走る。

「どうやらお音は、父親を捜しにここに来たのではあるまい」

音乃の内心を見透かしたもの言いだが、口調は穏やかであった。弥左衛門の赤かった顔も、もとの穏やかな色白へと戻っている。感情を押さえられるほうが、むしろ音乃にとっては恐ろしい。

「…………」

そうだとも違うとも言えず、音乃は押し黙ったままとなった。

このとき音乃は、言うに言えない恐ろしさを、弥左衛門に感じていた。大抵の男なら、得物を持たなければ一対一で戦える自信はある。だが、弥左衛門を前にしては、音乃の気丈夫も竦《すく》む思いとなった。それほどの威圧を、音乃は弥左衛門から受けていた。

「いったいおまえは、ここに何を探りに来たのだ？」

青い目が、音乃を凝視している。もう、一人の町人娘を見る目ではない。獲物を見据える、猟師《またぎ》のような視線であった。

ここはもう、一か八かの勝負に賭ける以外にない。

「そこまで見抜かれては仕方ございませんね」

音乃は、啖呵《たんか》を切って居直った。ここは、一気に出なくてはならないと、威勢をつけて音乃は片膝を立てた。

「呉服屋丸高屋のご主人と共謀し、いったい何をなさろうとしているのです？」

つい先刻、お熊から聞いたことを元にして、話を大いに盛る。多分に、鎌《かま》をかける試みでもあった。

「お答がないなら、わたしから申しましょう。昨今、この国に近寄る異国船と取引きをし、武器の調達を謀《はか》っているのは明らかです。この天井裏には、ペイストルなる短筒が十丁隠してあるのも明白な事実」

音乃の気勢に押されたか、弥左衛門の口は閉じたままである。ただ、顔面が蒼白になっていくのが分かる。あきらかに、動揺をきたしている弥左衛門の表情であった。

「今見つかっているのは短筒だけですが、本来は、この国を滅ぼそうとする大砲などの武器。丸高屋が持つ巨万の富でそれらを買い込み、大名家家臣たちを取り込み幕府転覆に向かわせる。その魂胆を、曝露したお方がいます。残念ながら、もうこの世にはおりませんが、それが誰だかは、旦那さまならお分かりですよね」

「知らん」

「知らないということはないでしょう。こちらの奉公人で、三木助ってお方を。はい、昨夜何者かによって、無残にも殺されました。そのお方の懐に、何が隠されていたかご存じですか？　これですよ」

音乃は言いながら、人差し指で短筒を撃つ仕草をした。

「その短筒、今はどこにあるとお思いで？」

「……いや」

弥左衛門の顔色が、青紫に変わっている。

これからが、音乃の一世一代の鎌かけである。

「今ごろは、お奉行様がこれはなんだと、手に取って眺めているところでございましょう。さあさ、今ならまだお引きになることも叶います。丸高屋伝八郎さんと企てた、畏れ多くも倒幕の謀反に関わっておいでなら、はいと素直にお答えください。さすれば、わたしはこのままおとなしく引き下がります」

「おまえはいったい、何者なのだ?」

「あたしは閻魔《えんま》の女房。三木助さん殺しと、恩人を斬りつけて殺そうとした下手人を、地獄にいる夫のもとへと送り届ける女です」

「町屋の小娘の形《なり》をして、後家だったのか。ならば言うが、おまえの言うことは、半分は当たって半分は外れている」

「何が当たって何が当たってないと?」

「まずは、外れから言おう。三木助を殺すようわしは誰にも指図してはおらん。今おまえから聞くまでは、三木助が殺されたことなどまったく知らなかった」

平然とした態度で、弥左衛門が言いきった。

「では、誰が?」

「わしが知っているわけ、なかろう」

弥左衛門の態度からして、後藤田殺しは別の筋と音乃は感じていた。

「ならば、何が当たっていると?」

「そいつはだな……」

一呼吸おいて、弥左衛門が語り出そうとしたところであった。

パーンと音がしたと同時に、弥左衛門が前のめりに倒れた。一瞬、何が起きたのか分からず、音乃は呆然と弥左衛門が倒れる様を見やっていた。

音乃が我に返ったのは、弥左衛門の背中から血が出ているのを目にしてであった。

「旦那さま……やざえもんさんしっかり……」

今死なれては困る。音乃は近寄り体を揺すって励ますも、弥左衛門の息は絶えだえとなった。その、苦しい息から言葉が漏れる。

「……丸たか……じっ、じす……」

「その方に撃たれたのですか？」

「………」

心なしかうなずいたような気がしたが、それが返事かどうかは定かでない。

「しっかり……」

音乃の励ましも、ここまでであった。ガクリと首を落とし、弥左衛門はこと切れた。

あまりに一瞬であるのと、音乃は弥左衛門の介抱に向いて下手人の顔を見ていない。

真向かいの襖が二寸ほど開いている。音乃は立ち上がると、襖を開けた。隣部屋であったが、すでにそこには人の気配はない。

六

銃声は、庭にいる丈一郎の耳にも届いた。

庭木の陰に隠れたばかりであった。

「あれは、短筒の音」

真っ先に丈一郎の脳裏をよぎったのは、音乃が撃たれたとの思いだ。周囲の気配などかまうことなく立ち上がると、一目散に母家を目指した。

何ごとがあったかと、たまたま短筒の音を聞きつけてきた番頭と、外廊下の榑縁《くれえん》で鉢合わせとなった。

「なんだ、おまえは？」

土足で踏み込む丈一郎に、番頭の足は止まった。

「どこだ、主の部屋は？」

丈一郎は脇差を抜くと、番頭に鋒《きっさき》を向けた。一振り音を鳴らして、脅しにかけると、番頭はおとなしく従う様子となった。

「主のいるところに、案内しろ」

丈一郎は、番頭の背後に回ると、首根っこに脇差の刃先を当てた。番頭に、主の居どころへ案内をさせる。

庭に面した榑縁を二つばかり曲がり、中庭が望める部屋の前に立った。障子戸は閉まっている。

「ここか？」

番頭の返事を待たず、丈一郎が障子戸を乱暴に開けた。

「あっ、これは！」

部屋の中の様相を目にすると同時に、丈一郎は仰天の顔となった。倒れているのは音乃ではなく、主の弥左衛門であったからだ。

「だっ、旦那さま！」

番頭が、驚愕の声を発する。丈一郎は部屋の中の惨状に驚き、思わず番頭の首から刃先を離した。だが、番頭は立ち去ろうともしない。

弥左衛門が前のめりに倒れ、背中から真っ赤な血が流れている。その光景に、丈一郎も番頭も押し黙り、しばらく言葉が出てこない。

先にわれに返ったのは丈一郎であった。

「音乃はどこにいる？」

あたりを見回しても、音乃の姿はない。

「こちらにいます」

隣部屋から、音乃が入ってきた。

「いったいどういうことだ？」

「向かい合って話をしているとき、いきなり背後から弥左衛門さんが短筒で撃たれました。その下手人を追ったのですが……」

すでにどこかに消え去っていた。

「お義父さま、これからすぐに丸高屋に行きましょう」

「何か、分かったか？」

「今際《いまわ》の際に、弥左衛門さんが……」

「なんて？」

「じっ、じすって。その言葉に覚えがあります。まだ、下手人の名とはいえませんが……」

顔も姿も見えなかったのに、弥左衛門は下手人が誰だか知っていたようだ。そこが不可解であったが、音乃の脳裏に浮かぶ顔は、その男一点に集中した。

番頭は、弥左衛門の遺体につききりである。

ここは事件を表沙汰にしないために、因果《いんが》を含めることにする。

丈一郎は、ここぞとばかり十手を抜いた。

「番頭さん、いいかい」

十手を振って、番頭を立ち上がらせた。

「福富屋さんでは、ご禁制の品物を取り扱ってました。わたしたちはその探りに……」

語りは音乃の役であった。

このことが外部に漏れたら江戸中、いや日本中の騒動になると踏んだ音乃は、一時凌ぎの姑息《こそく》な手段に打って出ることにした。

「旦那さまが、ペイストルという短筒で撃たれたことが奉行所に伝わりましたら、このお店はなくなるどころか、番頭さんはじめ奉公人の方々はみな捕まり、打ち首獄門となってしまいます。こんな、異国から来たご禁制の物を扱っていた闇の商いが、すべて表沙汰になりますからね」

ペイストルという異国語が、威嚇をさらに増大させた。番頭は恐怖に慄《おのの》いたか、眉毛が逆立つほど顔が引きつっている。十七にも見える小娘からあからさまに言われ、二十もありそうな齢の差はまったく感じさせない。

「それだけは、ご勘弁を」

首を激しく振って、懇願する。

「番頭さんたちは、短筒のことを知っておられたのですね？」

「はっ、はい。ですが、なんとなく。手前どもは、知らないことになっております」

音乃の鋭い口調に、番頭は抗《あらが》うことなく口を割った。

「なんとなくでもご存じでしたら、大変なことに。でしたら、わたしの言うことを、ようく聞いてください」

「はい、なんでも」

「まずは、このことを一切他人に漏らさぬこと。奉公人のみなさんにも、しっかりと言い含めてください。でないとこれですから」

音乃は、首を手刀で切る仕草を示した。

「できますね？」

番頭の、目を見据えて念を押す。小娘でない威厳を、音乃は眼力に込めた。

「えっ、ええ……」

「そうだ、ご家族の方が見えませんが？」

あたりを見回し、音乃が番頭に問うた。

「ご新造《しんぞう》さんがおりますがお子はなく、独りで本所の別宅に住んでおります。夫婦仲が悪く、ずっと別居でして」

「分かりました。ならば、あとでお報せしてあげてください」

「それで、奉公人たちにはなんと言い含めたらいいので？」

訝しげな口調で、番頭が問うた。音乃の威厳のある態度に、おとなしく従っている。

「……真之介が乗り移ったみたいだ」

音乃の険しい形相に、まるで地獄の閻魔が乗り移ったような錯覚に、丈一郎はとらわれていた。

「急の病で亡くなったことにするのです。これからお店のみなさまがやることといえば、まずはご遺体をきれいにし、別間にお蒲団を敷いて寝かせてあげてください。傷口は、絶対に他人には見せてはなりません。それから店先に『本日都合により店じまい』とか書いた貼り紙をして、お弔いの準備を。くれぐれも、殺されたことはおくびにも出さないように。それから、わたしたちのことも一切忘れてください。そうでないと、みなさんそろって、首が小塚原《こづかっぱら》の獄門台に載ることになりますわよ」

音乃は、話にさらに念を吹き込んだ。

「はい。さっそく、取りかかります」

「でしたらお店に戻り、何ごともなかったようにお客さまと応対をしてください」

番頭は、奉公人たちに指示するために、店へと戻って行った。

「お義父さま、あそこ……」

音乃が天井を見上げると、羽目板が一枚ずれている。

「おれの肩に乗れ」

曲芸師の技のように、音乃は直に丈一郎の肩に足を乗せた。ゆっくりと立ち上がれば、二人の上背で天井に手が届く。音乃は天井裏に手を差し込み、動かぬ証拠を一丁手に入れた。

音乃が店先に廻ると、客がまだ残っている。

短筒の音は、そこまで届かなかったようだ。みな、気づいてはいないようである。

番頭が、手の空いた者を集めて話し込んでいる。その顔は一様に、悲痛を帯びたものであった。

「番頭さん……」

「あっ、はい」

「ちょっと、お聞きしたいのですが、よろしいでしょうか？」

音乃は、他人の耳が届かないところに番頭を誘った。

「手の空いた奉公人を集め、言い含めておきました。旦那さまは心の臓の発作ということにして、絶対に他人にはしゃべるなと。でないと、みんなそろって獄門首と因果を含めておきました」

「それで、よろしいでしょう。それと一つ、番頭さんにうかがいますが、三木助さんが殺されたことはご存じありませんか？」

「なんですって！　三木助がですか？」

「はい。昨夜……」

「まったく知りませんでした」

番頭の表情に、嘘はなさそうである。それを確かめるため、音乃はもう一言問う。

正直に話してくれたら、信じようという気になった。

「三木助さんは、どなたのご紹介でこちらに入られたのですか？」

「丸高屋の治助という男でして」

「……治助」

死ぬ間際に弥左衛門が口にした『じす』とは、その治助と取れる。

丸高屋伝八郎に奉公人の治助。そして、後藤田三木助との関わりに、異人を思わせる福富屋弥左衛門。音乃の懐に忍ばされた一丁のご禁制のペイストルを巡り、これらが蜘蛛《くも》の糸のように複雑に絡みついた。

もう、治助を捜す以外に手はない。

「あとは、よろしくお願いいたします」

音乃は言い残すと、土間に置いてある朱色の鼻緒に朝顔の刺繍が施された小町下駄を履いた。

何食わぬ顔で通りに出ると、裏から出てきた丈一郎と合流し、足を丸高屋へと向けた。

七

表通りへと出て、丸高屋へと急ぎ足を向ける。

「大事な生き証人が、またも殺《や》られてしまったな」

表通りに出ると、十歩も歩かぬうちに丈一郎が問う。

「いったい何があった？」

「落ち着いたところでお話ししますが、幕府転覆の企てが、おぼろげにも見えてきました」

「ほう」

「もう少しで、はっきり口にするところを……」

「短筒で撃たれたと。それで、音乃はその下手人が丸高屋の治助という者と思っておるんだな」

「おそらく。ですが、確たる証しはございません。すぐに追いましたが逃げ足が速く……姿までは見えませんでした」

せめて、うしろ姿だけでもとらえたかったと、悔恨の思いを音乃は口にする。

「丸高屋の治助という男を捕まえれば、伝八郎の委細も知れるな」

「まさに、治助が鍵と思われます」

今は、治助を捕らえるのが先となった。むろん、丸高屋にいるとは到底思えない。だが、丸高屋に行けば治助の動向は知れようと二人は無言となって足を速めた。もうそろそろ夕暮れが迫る刻である。なんとか明るいうちに、丸高屋と接触を持ちたい。

やはり、この屋敷にも裏口があって人の出入りする潜り戸が板塀についている。丈一郎は、力任せに戸板を叩いた。それでも、人が出てくる気配はない。音が届いていないと丈一郎は取ると、道に転がる小石を拾った。そして、母家に向けて思い切り放り投げた。

しかし、五十歳の肩ではさほど石は遠くに投げられない。母家に届く前に、石は落ちてしまう。何かよい考えがないかと、あたりを見回すも落ちている物は石ころだけである。

「音乃、懐にしまった短筒を出せ」

もう、手段などかまってはいられない。

「何をなさりますので?」

「いいから、出せ」

音乃は、懐奥にしまった短筒を取り出した。生まれてこの方、短筒なんてものを撃ったことがない。

「どうやって、撃つんだ?」

銃口が二つある二連式の短筒といわれる新型の武器であった。この時代、この国にはない代物だ。

見ると、弾が二発込められている。

「こいつを引けばいいのだな」

丈一郎は、筒の先を空に向けて引鉄《ひきがね》を引いた。

しかし、気合を込めて指に力を入れるも、なぜか引鉄が引けない。撃つには仕掛けがあろうと、短筒を眺め回した。

「お義父さま、これでは……？」

すると、引鉄の淵になにやら臍《へそ》みたいな出っぱりがついている。引くと、カチリと音がして臍が動いた。

「これか」

丈一郎は、もう一度引鉄を引いた。

パーン！

と一発、天に向けてぶっ放した。生竹を燃やして節が弾けるような音が、あたりに鳴り響いた。音乃が弥左衛門の部屋で聞いたのと、同じ音であった。そうそう、短筒の種類などないはずだ。弥左衛門を撃った得物は、まさしく丈一郎が手にするものと同じであった。

音乃がすぐさま短筒を懐へとしまうと音を聞きつけ、通りからも数人の男たちが路地へと入ってきた。

「いったい何があったんでえ？」

「なんでもねえ。あっちに行ってろ」

丈一郎が十手を抜くと役人風を吹かし、邪魔者たちを追い払った。

間もなく潜り戸が開くと、五十を過ぎたと思《おぼ》しき男が顔を出した。

音乃が見知る、丸高屋の番頭であった。相手は、音乃のことは知っていそうもない。

「今、大きな音がしたようだけど、何かあったのですか？」

旦那の伝八郎よりも押し出しが利いて、見た目はずっと貫禄も威厳もある。

十手を翳して丈一郎がうしろに立っているので、番頭の腰も低い。

「なんでもねえ。ちょっと、この娘さんが用があるってのでな……」

丈一郎が、話を向けた。

「なんの用ですかな、娘さん？」

「兄さんが、こちらにお世話になっているはずかと……」

「ん、兄とは？」

「治助という者ですが」

「治助だと。あいつに妹などいたかな？」

番頭の首が傾げた。

「母親が違いまして……そんなんで、十年以上会ってませんで。わたしは深川《ふかがわ》の在に住んでまして、急に兄に会いたく……」

弥左衛門のときに効を奏したので、音乃は同じような手を二度使った。

「気の毒だが、治助はここにはおらん。もう、戻ることもないだろう」

言って無下《むげ》にも戸を閉めようとする。

「ちょっと、待ってください」

「兄は、どちらに住んでるのでしょう？」

「知らんものは知らん」

「教えて」

音乃は、とうとうペイストルを懐から取り出した。

「さっきの音はこれ。番頭さんなら、なんだかお分かりですよね？」

筒先を番頭に向けながら、音乃が問うた。

「なんで、そんな物を！」

仰天と怯《おび》える顔は、短筒のことを知っているものと取れる。

「おっと、危ねえものを持っていやがるな。よし、娘をとっ捕まえてやるから、二人とも中へ入れ」

即興の台詞《せりふ》なので、丈一郎もうまい言葉がすぐには浮かばない。いささか、不自然な言い廻しとなった。

三人は、屋敷の中へと入って潜り戸を閉めた。すると、四人ほど母家の戸口につっ立つ奉公人の姿があった。

「あの方たちを、家の中に……」

番頭の背中に筒先を当て、音乃が小声で指図する。

「なんでもないから、入っていろ」

言われたとおりに、番頭は声を戸口に投げた。奉公人たちが姿を消すと、

「音乃、もういい。そいつをしまえ」

丈一郎が、十手の代わりに脇差を抜き、音乃はペイストルを懐へとしまった。

「あんたらは、いったい……？」

丈一郎から刀の鋒を向けられ、番頭はさらに恐怖に慄いている。

「あなたは、丸高屋の番頭さんですよね。以前、お見かけしたことがございます」

「ああ……」

「でしたら、治助さんの居場所をご存じでは？」

「いや、知らん」

「本当か？」

丈一郎が、脇差の刃先を番頭の首の皮に食い込ませながら、さらに問うた。

「ほっ、本当だ。この家屋敷は人手に渡り、そのあと片づけをしているところだ。治助は昨日出ていったきり、ここには帰ってきてはいない」

「家はどこ？」

音乃が、番頭と向かい合って問い質す。

「二月《ふたつき》ほど前から、ここに住み込んでいた」

「ここに来て、まだ二月しか経ってないのですか？」

「ああ。福富屋さんの斡旋で主《あるじ》が雇った」

「実家は？」

「分からん……本当だ」

番頭が言っていることに偽りはなさそうだと、音乃と丈一郎は顔を見合わせた。そうなると、問いの内容を変えなくてはならない。

丈一郎は、さらに首根っこに刃先を食い込ませ、音乃が問い質す。

「ならば、ご主人の伝八郎さんはこちらに……？」

「いや、今はいない。というより……刀を離してくれんか。話しづらくてかなわん」

丈一郎は、いく分力を弱め、刃先の食い込みを緩くした。しかし、離すことまではしない。

「もう、ここには帰ってこない」

「どちらにおいでで？」

「いや……」

「言わんと、首を……」

丈一郎が、脇差の刃先で意志を示す。あと一息力を込めたら、番頭の首の皮はざっくりと口を開ける。その既《すんで》で、丈一郎は力の加減をしていた。

「わっ、分かったから……」

悲痛に番頭の顔が歪む。

「あっ、赤坂……」

「赤坂のどこです？」

「今はしもた屋となった、生家……」

――やはり。

昼間に音乃が行ったが、そのときは人の住む気配はなかった。だが、一月《ひと》ほど前にそこから出てくるのを、お熊が知っていた。

「間違いございませんね。ご主人は、そこで何をなされているのですか？」

「いや、しっ、知らん」

刃先が食い込み、番頭は首を振れずに口で答えた。

これは、伝八郎から直に訊くより仕方ないと、音乃は問いの矛先《ほこさき》を替えた。

「福富屋の旦那さんも、赤坂にご一緒ですか？」

番頭から大事な話が聞けそうだ。語りやすくさせるよう、丈一郎は番頭の首から刃先を離した。

「いや、福富屋さんは今は赤坂にいないはずだ。先だって、旦那さまがもう用事がなくなったと言っておったからな」

「用事がなくなったとは？」

「どんな意味かは、手前には……」

どうやら番頭は、福富屋弥左衛門の死を、まだ知らないとみえる。意味深い番頭の言葉に、音乃の顔が一段と引き締まった。すると、凜々しい男の顔になる。

「わたしが先ほど示した物を、取引きしていたのでございましょう？」

「それはなんとも……福富屋の旦那は、異国の人間を連れてきてその仲立ちをしていたようだ」

息苦しさがなくなり、番頭の声音はいく分流暢《りゅうちょう》となった。

「異国の人ですか」

「たまたま旦那さまの生家に行ったとき、その異国人を見たことがある。二人ほどいて、福富屋さんも一緒に……なんだかわけの分からぬ変な言葉をしゃべってた」

「いつごろです？」

「一月《ひと》ほど前……異国人を見たのは、後先《あとさき》その一度きりだけだ。手前はほとんど、生家には行ったことがないからな」

これは、お熊の証言と一致する。

「その異国の方は、なんの用で……？」

「日本の反物《たんもの》を異国に売りつけたと、旦那さまは言っていた」

それを口外しなかったのは、無断での異国との商取引きは禁止されているからだ。絶対に口を封じなくてはならないと、異人を見てしまった番頭に、言い含めていたのだろう。番頭に、虚言を弄《ろう》したのは明らかである。

「もう一つだけ、お訊きしますが……」

「はい」

「丸高屋さんは、なんでお店を閉めたのか、ご存じないので？」

「半月ほど前、急に店を閉めると言い出して。手前どもの知らないところで、本店から支店すべての店を、奉公人ごと居抜きで売り飛ばしていた。今、奉公人らはみなここに集まり、新しい雇い主が来るのを待っているのだ」

赤坂の店の奉公人たちも、今はこの中で待機しているらしい。

「どちらのお方が、このお店を買い取りましたので?」

「上方《かみがた》で大きな商いをしている、松藤屋《まつふじや》さんだ。今度、江戸に進出を目指しておるとのことでな」

松藤屋なら、音乃も聞いたことがある。大坂《おおさか》の商人で、呉服屋では一、二を競う大店であった。

店を居抜きで売った金も、幕府転覆のために使われるのだろう。

「丸高屋伝八郎さんてお方は、酷《ひど》いことをなさりますね。業者さんも奉公人さんも、虫けらみたいに扱っていらしたようで」

「ええ……」

番頭の、ため息のような返事であった。

「主の吝嗇《りんしょく》と、情け容赦ない商いのやり方は、手前どもも辟易《へきえき》していたほどです」

どうやら番頭に、主伝八郎を裏切る気持ちが芽生えたようだ。言葉も、商人らしく丁寧なものとなる。

「手前ら奉公人たちにも辛く当たり、朝から夜まで働かされ一年中休みなどなく、給金は雀の涙ほどでした。業者も奉公人も生かさず殺さずといった主の信条に、みながうんざりとしておりました」

番頭の言葉が、伝八郎への怨み辛みとなった。

「雇い主が松藤屋に換わってもらって、奉公人一同、ほっとしているのです」

ここぞとばかり、さらに音乃は畳み込む。

「ところで、福富屋の旦那さんが殺されたのをご存じで？」

「それって、本当で？」

「今しがた、福富屋さんは用がなくなったとおっしゃいましたね。その意味が知りたいのですが」

「というと、うちの主が殺《や》ったとでも？　まさか、そこまでは……そうだ」

「何か、お気づきに？」

「五、六日前でしたかねえ、主と治助が話しているのがたまたま耳に入って……」

「なんと、言ってました？」

音乃は半歩繰り出して問うた。

「聞こえたのはたった一言で、福富屋には気をつけろよとかなんとか。手前が近寄ったのを知って、話はそれまででした」

「気をつけろって、意味を番頭さんはご存じで？」

「いや」

「そもそも、福富屋さんとはどんな関わりだったのです？」

「ですから異国との、着物生地の取引きの仲立ち……そうとばかり思ってましたが」

なんとなく読めてきたかと、音乃は小さくうなずいた。

――丸高屋伝八郎は福富屋弥左衛門が邪魔になり、治助に手を下させた。

しかし、そんな単純なものだろうかとの思いも絡む。

――いえ、もうそんなことで思い悩んでいる暇はない。

音乃は思い切って、番頭に問いをぶつけることにした。

「わたしは治助さんが怪しいのではないかと踏んでいます。ご主人の命《めい》を受けて、鉄砲玉に……」

「まさか……」

と番頭は口に出しただけで、あとの言葉がない。ただ、うろたえるだけの形相となった。

怯える番頭からは、到底聞き出せるものではなかった。

あとは、一日半のうちに自分たちで探り出すより手がない。

「お義父さまから、何か？」

「いやいい。番頭の口に、偽りはなかろう。くれぐれも言っておくが、このこととおれたちが来たことは、絶対に内密にしておいてくれ。でないと、みんなこれだぞ」

手刀で首を斬る仕草をして、丈一郎は語りを止めた。

「かしこまりました。誰にも絶対にしゃべりません」

丸高屋の番頭の言葉を聞いて、音乃と丈一郎は屋敷の外へと出た。

「まさか、お義父さまが短筒を撃つとは思いもしませんでした」

「ああする以外なかっただろう。悠長なことは、言っておれなかったからな」

路地を歩きながら、丈一郎が苦笑いを含む声で言った。

あと一日と少ししか残されてない時限に、手段などかまっていられない。

西の空を、残光がわずかばかり照らしているだけとなった。あたりは日が暮れ、提灯がほしい暗さとなっていた。

「どうする、これから赤坂に行ってみるか？」

「いえ、お義父さま。一度、霊巌島に戻りましょう。源三さんのことも、気になりますし」

「だが、もう一日しか猶予はないのだぞ」

「はい。ですが、いざとなったら引き延ばす手立てを考えております」

「ほう。どんな、手立てだ？」

「それは、お義父さまにも、ないしょ」

笑みを浮かべて言う音乃に落ち着きを感じ、丈一郎はほっと安堵する心持ちとなった。

第四章　赤坂の決闘

一

霊巌島に戻ると、明かりのない自宅を通り越し、音乃と丈一郎は舟玄へと足を向けた。

「どうだ、源三の具合は？」

開口一番、丈一郎が律に問うた。

「先ほど源心先生が診てくれまして、だいぶ容態は安定していると。これでしたら、今夜が峠になるとおっしゃってました」

「そうか。だが、まだ予断は許さんと言うのだな？」

峠を越していなければ、そういうことになる。

「お義母《かあ》さま、休んでください。これからは、わたしが……」

「何を言っているのです、音乃は。それよりか、あなたはご自分の身を心配なさりなさい。おおお……」

大奥と言おうとして、律はお昌がいることに気がついた。

「大男は見つかったのですか？」

と、咄嗟《とっさ》に言い換えた。

「大男ってもしや、十軒店町の近くに住む異国の人ではないですか？」

不思議そうな顔をして、お昌が意外な問いを発した。

「お昌さん、その方をご存じなんですか？」

音乃が、驚く表情をして訊いた。

「いいえ、直《じか》には。髪結いのお客さんが、そんなようなことを言ってましたから。なんですか、顔形がこの国では見たこともないような異相だと。だけど、仕草や言葉はまるでこの国の人。いったいどうなってるんだって、その人は不思議がってましたけど」

福富屋弥左衛門のことは、江戸内でけっこう噂になっていたようだ。

見た目が異人の弥左衛門は、もうこの世にはいないのだ。そのことは、お昌には伏せておいた。

その弥左衛門が、異人と共に丸高屋伝八郎の生家にいたという。思いつくのは、弥左衛門が、相互の橋渡しをしていたのではないかと。

――丸高屋伝八郎は、財力にものをいわせ異国の力を買おうとしている。

「……国を売る悪い奴」

音乃は、丸高屋伝八郎のことを、そう定めた。だが、何が伝八郎をそう駆り立てさせたのか。

――大奥。

母親の境遇と、音乃の思いが重なった。

夜も、徐々に更けてゆく。

「お茶をいただいてきましょう」

と、律が座を外したところであった。丈一郎も、厠《かわや》へと立ち上がり部屋から出ていった。

お昌が、源三の額《ひたい》に載る熱冷ましの手拭いを替えようとしたところであった。

「おや……？」

源三の口が心なし動くのを、お昌は目にした。

「おまえさん、何を言ってんだい？」

お昌が、源三の口に耳を当てている。

「どうかしたのですか？」

音乃の問いに、お昌が首を捻《ひね》っている。

「なんだか、うわ言を言ってたようで」

「えっ、なんと？」

音乃が耳を近づけるも、それからは、源三は身動きもしないし、うなされもしない。

かすかに吐く息が、命のあることを告げるだけであった。

うわ言を発したと聞いて、回復の兆しかと音乃は腰を浮かせたが、それは一瞬の喜びでしかなかった。

生きるか死ぬかの分かれ目は、今夜が峠だと源心先生が言っていたという。死んだように眠る源三から、何ごとがあったのかと聞き出すことはできない。

「ほんの束の間だったのねえ、息を吹き返したのは」

気折れしたような口調で、お昌が言った。

「お昌さんに、何か聞こえました？」

「なんだかひと言、わけの分からないことを言ってた」

「なんと？」

「なべしきとかなんとか」

「なべしきですって？」

「あたしには、そう聞こえたけど。なべしきって、あの鍋の底に敷く……いったい、なんでそんなもんが、口から出たんだろうねえ？」

「はあ、さて」

音乃の頭の中に『なべしき』という言葉がこびりついた。

「……なべしき、なべしき」

呪文のようにぶつぶつと、音乃はその言葉を繰り返した。

「最近は、鍋物なんて食ったことないのにねえ」

鍋の底に敷くものでないことは確かであろう。お昌の話に、音乃の首が小さく傾《かし》いだ。そして、ふと思い至るところがあった。

「お昌さん、それって鍋の敷物ではなく……」

音乃の言葉が途中で止まった。その先がまだ、浮かんでなかったからだ。

「鍋、なべ……あっ！」

音乃は、溜池の落とし口の前で聞いた、三郎太の言葉を思い出した。

『——堤の上は、たしか鍋島藩《なべしまはん》の中屋敷ですが……』

と、確かに言っていた。

「なべしき……なべしま……」

呟くように、音乃が独りごちる。文字で書くと、一字違いである。

「音乃さん、何をぶつぶつ言ってるんだい？」

「お昌さん、それって鍋敷きでなく鍋島ではありません？」

「なんです、なべしまって？　あたしの耳には、なべしきとしか聞こえなかったけどねえ」

お昌の知識には、肥前佐賀藩主《ひぜんさがはんしゅ》の鍋島家というのはない。普段から目にしている鍋敷きのほうに耳が傾いても無理はないと、音乃は思った。

——源三さんは、鍋島藩の中屋敷を探っていたのかしら？

問いたくても、源三は目を瞑《つむ》ったままだ。

源三の容態を案じつつ、音乃の頭の中は佐賀藩主の鍋島家に向いていた。

むろん、源三のうわ言が鍋島家のことであるかは定かでない。音乃の思いは、単に鍋つながりだけである。

「……たしか今の藩主は、鍋島斉直《なりなお》様」

音乃が呟くも、鍋島本家の知識はこれだけしかなかった。それでも、音乃の脳裏にはその名がこびりついた。

「どうかしたか、音乃？」

丈一郎が厠から戻り、考え込む音乃に声をかけた。

「お昌さんが、源三さんのうわ言を聞いたみたいでして」

音乃は、そのときの様子を語った。源三が口にしたうわ言の件《くだり》には、丈一郎も首を傾げる。

「鍋敷きと聞こえただけで、音乃は鍋島藩が関わりあるというのか？」

「どうしても、鍋という言葉の重なりで、頭がそっちに向いてしまいます。お昌さんも、はっきりと聞こえたとは言ってませんしねえ、お昌さん」

「ええ……」

音乃の振りに、自信なさげにお昌は返した。

「鍋島家ってのは、たしか松平《まつだいら》姓も名乗っていたな。たしか今は九代目藩主で、斉直様であった」

少しは音乃より、鍋島家には詳しいようだ。

「その鍋島藩と、源三がどう関わり合うのだ？」

「さあ」

源三から聞かなければ分からないと、音乃は小さく首を振った。

「まさか、鍋島家が謀反《むほん》……」

とまで言って、丈一郎は慌てて口を噤《つぐ》んだ。傍《そば》に、お昌の耳があったからだ。だが、お昌の気持ちは源三だけに向いている。丈一郎の言葉に、気づいた様子はない。

「お昌さん、ちょっとここを離れるけどよろしいですか？」

「ええ、どうぞ」

お昌の返事を聞いて、音乃と丈一郎は隣の部屋へと移った。

丈一郎がつづきを語る。

「まさか、鍋島家が謀反を企てることはなかろう。斉直様の斉は、上様から偏諱《へんき》を賜ったものと聞いてるぞ」

将軍家斉の一文字が、改名に際して与えられたという。

「お義父さまは、お詳しく」

「いや、鍋島家のことで知っているのはこれだけだ。源三は、夢見の中で鍋もんでも食いたかったのだろう」

音乃は、くすりと小さく笑いを発した。

「ようやく、音乃の顔に笑みが浮かんだな」

丈一郎も小さくうなずき、鍋島家に関わる話はそれまでとなった。

二

暮六ツ半になったころ、医者の源心が来て源三を診《み》やった。

「だいぶ容態は安定しておるな。これならば、もう峠を越したと言ってもよい。看病でついているのも、これからは一人でよかろう。近くにいさえすれば、ゆっくりと寝ていてもかまわんぞ」

驚異の回復力だと、源心が驚く口調で言った。

巽家の三人とお昌、そして船宿の主権六が蒲団の周りを取り囲んでいる。源心の太鼓判に、一同がほっとする思いとなった。

「よかったわね、お昌さん」

心底から安堵した表情で、音乃がお昌に声をかけた。

「これも、奥様や音乃さんのおかげです。これからは、あたしが看《み》てますので、どうぞお家に帰ってお休みください」

一夜が明ければ、源三は意識を取り戻すかもしれない。それまでは、夫婦二人にしてあげようと、音乃たち三人は引き上げることにした。

「源三の丈夫な体が、自らを助けたのだろう」

「お昌さんの献身的な看病が、ご亭主を救ったのでしょうね」

丈一郎の言葉に、律が返した。帰りの夜道での話であった。一つの提灯《ちょうちん》の明かりが、三人の足元を照らす。

「そういえば、ずっと飯を食ってなかったな」

「そうでした」

事件のことに気がそがれ、夕餉《ゆうげ》どころではなかった。焦りが空腹を忘れさせていた。

「家に戻っても、何かあるか？」

「これから用意したとしても……」

「律も疲れているだろうしな、これから飯を作れと言うのも酷《こく》である。どうする、音乃は？」

「わたしは、あまり食べたくはありません」

明後日大奥から迎えに来ると思うと、とても食欲など湧いてくるものではない。

「だがな、音乃。何か食べて滋養を取っておかんと、いざというとき力が出せんぞ」

「分かりました」

「今ならまだ、どこか料理屋が開いているだろう。そうだ、一ノ橋《いちのはし》の近くに『うな膳《ぜん》』があったな。あそこなら、鰻《うなぎ》が食える」

「開《あ》いているかしら？」

「うな膳ならまだ店が開いてるはずだ」

丈一郎が律の問いに答え、三人の足は自宅の前を通り越し、三町ほど先の霊巌島町は一ノ橋近くにある、うな膳へと向いた。そこは、後藤田が殺された現場と二町も離れていないところである。

店先に吊るしてある提灯の火は、まだ消えていない。紺《こん》地に白く『うな膳』と抜かれた暖簾も、軒下にかかっている。

「開いてて、よかった」

グウーッと腹の虫が鳴き、丈一郎が胃の腑のあたりを擦った。

障子戸を開けると、まだ五、六人の客がいる。

「お信《のぶ》ちゃん、まだやってるかい？」

丈一郎が、顔見知りである店の娘に声をかけた。

「あら、いらっしゃい旦那。どうぞ、お好きなところに……」

この店は土間がなく、履物を脱いで二十畳ほどの広さの座敷に上がる。三人は、奥側の広く開いているところに座を取った。

「今日は、疲れた」

と言って、丈一郎がどっかりと腰を落とした。

疲れが溜まるか、三人の口数は少ない。鰻の蒲焼《かばやき》膳と二合ばかりの酒を頼み、黙って配膳を待った。鰻が焼けるまでは時がかかる。もっと早くできる物にすればよかったと、丈一郎は後悔した。

四半刻ほど待たされ、お信の手により、三人の前に銘々膳が置かれた。

「まずは、お疲れさまでした」

音乃は二合の銚子《さしなべ》を手にすると、丈一郎が持つ杯《さかずき》に酌をした。

「お義母さまも一献……」

「私はいいです。なんだか、疲れました。音乃がいただきなさい」

「わたしも……」

「なんだ、音乃もいつもの張りがないな。まあ、時限が刻々と迫っておるのだから、元気を出せと言うのも無理があろう。どんなに才女でも、気鬱《きうつ》というのはあるからな」

「いえ、お義父さま。わたしは、まだ十七歳のつもりでして」

黄八丈を着た町屋娘の恰好であっては、人前で酒は叶わない。そんな他人目《ひとめ》を気にしての、酒の遠慮であった。

三人そろって鰻の蒲焼膳を食し終わり、茶を啜《すす》っている。

「ああ、食ったたな。待ってたかいがあった」

「いつ食べても、鰻は美味《おい》しいですわね」

「何か、力も湧いてきました」

三人三様で、満足げな声を出した。

「さて、帰ろうか」

丈一郎が腰を浮かそうとしたところであった。

「きゃーっ」

甲高《かんだか》い悲鳴はお信のものであった。その声につられ、戸口あたりを見やると、二十歳前後の若い男が二人立っている。ほかに四人ほど客がいたが、みな呆然として二人組を見やっている。

「おとなしくしていりゃ何もしねえ」

金欲しさの押し込みであることは、言葉と顔つきからして分かる。

音乃が凝視しているのは、賊の一人が持っている二連式の短筒であった。今、音乃の懐《ふところ》の中にあるのと同じ型の物である。

「お義父さま……」

「ああ、分かってる」

音乃と丈一郎の、二人にしか通らぬほどの小声であった。

「おい、ねえちゃん、こいつが見えねえか。あるったけの銭を出しな」

土足で座敷に上がり込むと、まずは店の娘のお信を脅しにかけた。

「はっ、はい……でも、ご主人が……」

「つべこべ言うんじゃねえ、早くしやがれ。銭を出さねえと、こいつをぶっ放すぞ。客がどうなってもいいんだな。二人は間違いなく死ぬぜ」

短筒の筒先は、一間ほど離れた一人の客に向いた。三十半ばの、商人風の男であった。

「娘さん、早くこいつらに銭を渡してくれ」

的《まと》になるのが怖いか、商人風が顔を引きつらせながら懇願している。向かいに座る女は、その女房か。その脇で、十歳くらいの男の子が恐怖に慄《おのの》き、母親にしがみついている。

厨房の中から、五十歳前後の主が出てきた。高襷《たかだすき》で袖をからげ、腰に前掛けをぶら下げている。

「いくら銭が欲しいんで？」

「あるったけだ」

「ちっちぇえ店だ。そんなにはねえぞ」

「いくらでも、かまわねえ。あとは、客の財布をいただくことにする。おい、そこの商人。鰻を食うぐれえだから、銭をたんまり持ってるんだろう。財布ごと、こっちに渡しな」

商人は、懐の中から財布を抜いた。匕首《あいくち》を翳《かざ》したもう一人が、それを奪い取ろうとしたところで主の声がかかった。

「お客さんには、手を出さねえでくれ。店を直そうと貯めた金がここに十両ある。こいつを、持ってけ」

「そんなにはいらねえ、九両でいい」

十両盗めば首が飛ぶということを、二人の賊は心得ているようだ。短筒の筒先が、三人家族から離れた。

ここが機とばかり、音乃と丈一郎が動き出す。

「お義父さま……」

「大丈夫か、音乃。相手は、短筒だぞ」

「はい。お義父さまは、匕首のほうをお願いします」

「よし。律は、ここで待ってろ」

二人が同時に立ち上がった。

「あんたら、そんな物を持ってるだけで首と胴体が別れるよ。一両減らしたところで、無駄なんだよ」

音乃が伝法《でんぽう》な口調で、啖呵《たんか》を切った。二人組の顔が、音乃に向いた。短筒の筒先も、同時に音乃に向く。

「なんだ、小娘が」

町屋娘と思ったか、賊たちは高飛車の姿勢であった。だが、隣に立つのが二本差しの侍である。

「侍たって、爺《じじ》いじゃねえか」

爺いと聞いて、丈一郎の眉尻が吊り上がった。

「おい、近づくんじゃねえ」

音乃と丈一郎は、かまわず一歩二歩と足を繰り出す。賊との間合いが、一間と迫ったところで足が止まった。

「撃つなら撃ってみな」

音乃が、威風堂々胸を張って言った。

「こいつが、おっかなくねえんか？」

音乃の態度に、筒先が揺れている。

「つべこべ言わずに、ここを目がけて撃ってみな。外《はず》すんじゃないよ、ほかのところに当たると痛いから」

音乃が、心の臓のあたりに手を当てて、言い放つ。

「撃つ度胸もないくせに、金を出せなんてよく言えたもんだね」

音乃はわざとけしかけながら、小股で一歩前に繰り出した。筒先との間が、半間と迫る。それだけ近づけば、素人でも的を射抜くことができる。音乃は、怖《お》じけることなく、さらに一歩踏み出した。手を出せば、短筒に届くところまで近づいた。

「それ以上近寄るんじゃねえ、うっ、撃つぞ」

「ああ、かまわんさ。さっさと、弾をぶっ放しなね」

「撃つぞ」

とうとう、引鉄《ひきがね》にかかる指に力を込めた。

「ん……？」

しかし、弾丸は発射されない。同時に、音乃はペイストルの筒をつかんだ。丈一郎も、匕首を持つ一人を素手でもってひれ伏させている。

「お義父さま、外に……」

「そうだな」

音乃と丈一郎は、二人の手から得物を取り上げると、腕を捻りあげて店の外へと連れ出した。

三

灯る提灯のもとで、二人を問い質す。

「この短筒を、どこから手に入れたんだい？」

「知らねえ」

「知らないことはないだろ」

さらに力を込めて、音乃は腕を捻りあげた。

「痛てぇー」

激痛で、男が悲鳴を上げた。

「腕が、へし折れてもいいのかい？」

音乃も必死である。こんな鬼の形相を、初めて見たと丈一郎でも思うほどであった。

「わっ、分かったから手を離してくれ」

「いえ、駄目。正直に話したら……」

「今さっき、霊巌橋のところで拾った。本当だ」

だが、音乃は力を弱めたりしない。

「何か、隠してないかい？」

「何を隠すってんだ？　正直に話したんだから、手を離してくれ」

「だったら、これに答えてくれたら。昨日の夜、そこで何があったのか知ってるかい？」

「いや、知らねえ」

「知らないことはないだろ。人が殺されてたんだよ。殺ったのは、あんたたちだね？」

音乃のほうから問うた。

「いや、違う。おれたちじゃねえ」

「商人みてえな男だった。おれたちは、匕首で男を刺すのを見てた」

「どんな男だった？」

「いや、顔までは暗くて分からなかった」

無頼たちが、交互に答える。

「だったら、あんたら、これがなんだか、知ってるのかい？」

「ああ、短筒ってことぐれえ知ってら。鉄砲を小さくしたものだろ」

「何をする物かもかい？」

「人殺しの、得物だ」

きょう日、そのくらいの知識は町人にもあった。とくに、遊び人たちならなおさら詳しい。

——もしや？

福富屋弥左衛門を撃ったのはこの短筒かと、音乃の脳裏をよぎった。

「……だけど、なんで今になって現場に落ちてたの？」

男が言ったのが本当だとしたら、腑に落ちないと、音乃が首を傾げたところであった。

「巽の旦那と音乃さんじゃねえですか？」

声をかけて近づいてきたのは、岡っ引きの長八であった。後藤田の事件で、あたりを探索していたのであろう。客の一人が隙を見つけて抜け出し、番屋に駆け込んだ。そこに、長八がいたという。

「も少ししたら、高井の旦那が駆けつけてきやす」

「でしたらこの二人を……」

引き渡すつもりであった。だが、うな膳を襲った得物が短筒と知って、高井がどう出るか。町のならず者が、短筒を持っていたことが世間に知れただけでも大ごとになる。

音乃と丈一郎は、後藤田の件は知らないことになっている。どう対処されるか、経緯を語ることもできず、そこに二人の憂いがあった。

長八が二人に早縄を打って、動きを封じ込めた。そして、口にする。

「そうだ、音乃さんは昨夜霊巌橋で殺しがあったのを知ってますかい？」

「えっ、ええ……」

　空々しく音乃が答える。

「川向こうで屋台を出している蕎麦屋がいやしてね、事件の寸前に二人連れの客が蕎麦を食ったってことなんでさあ。親爺の話じゃ、殺されたのがその一人で、下手人《げしゅにん》はもう一人の男ではないかっていうんです」

「なんですって？　もう一人いたと……」

　音乃は知らないことになっている。あえて、驚く顔を長八に向けた。

「だから、俺たちじゃねえって言ってるんだ」

「うるせえ、てめえらは黙ってろ」

　長八が大声を発し、無頼たちを黙らせた。

「もう一人って、いったい誰？」

「蕎麦屋の話じゃ、待て治助とか言って、引き止めて……」

「治助だと！」

　厳《いか》つい形相で、丈一郎が長八の言葉を止めた。

「旦那は、その男をご存じなので？」

「お願い長八さん。この話、しばらく誰にも話さないでくれる」

「音乃さんの頼みなら、あっしは黙っていますが……」

同じことを梶村からも言われている。怪訝そうな顔で、長八が返したところで、

「おい、長八……」

そこに、同心の高井が近寄ってきた。

「こいつは、巽の旦那」

丈一郎に気づき、高井が頭を垂れた。

「旦那たちが捕まえてくれたのですか？」

「ああ……」

気のない丈一郎の返事であった。

「高井の旦那。こいつら、こんな物をもってやしたぜ」

長八が、短筒を高井に手渡した。

「こいつは、短筒ってもんじゃねえか。どっから、手に入れたい」

「それが、今しがた霊巌橋で拾ったと……」

「なんだと、霊巌橋って昨日の夜……なんだって、そんなところに？　これってもしや、梶村様が言っていたご禁制のあれか？」

独り言のような高井の声が、音乃の耳に入った。このあとの、高井の動向が音乃としては気になる。表沙汰にするのか、否かが。

――高井の旦那。さて、どう出るか？

昨日の夜、梶村の近くに音乃と丈一郎が潜んでいたことを、高井は知らない。声もかけられず、音乃は黙って高井を見やった。

「長八。こいつらを引き連れ、梶村様のところに行くぞ」

「へい、がってんだ」

高井が、梶村の判断を仰ごうとしている。

音乃と丈一郎は、提灯の明かりのもとで、顔を見合わせた。互いに、ほっとする表情であった。

「それでは巽の旦那と音乃さん。礼はあとでいたしますので、これで……」

「礼なんか、まったくいらんぞ、高井の旦那」

「まあ、そう言わずに……」

と言って高井と長八は、二人の賊《ぞく》を引き連れ梶村の屋敷へと足を向けて行った。

「あとは、梶村様の判断を待つことにしよう」

「今夜にでも、又次郎さんが呼びに来るかもしれませんね」

「家で待つことにするか」

高井が持つ手ぶら提灯の明かりが小さくなったところで、二人は再び店の中へと入った。

「いや、さすが旦那だ。助かりやした。ありがとうございやす」

真っ先に、うな膳の主の礼があった。

「いいってことよ。律、帰るぞ」

丈一郎が、座って待っていた律を呼んだ。


家に戻ると、四半刻ほどして遣戸が叩かれる音がした。

案の定、梶村からの使いの又次郎であった。音乃は黄八丈から、いつもの武家の姿に戻っている。若作りの化粧も落とし、いつでも出かけられる恰好となっていた。

梶村の屋敷に着くと、すでに高井と長八は去ったあとだった。

向かい合って座ると、梶村の開口一番であった。

「思わぬところで、短筒が見つかったものだ。高井から、おおよその経緯は聞いたぞ」

「それで、梶村様はどんなご処置を?」

丈一郎が問うた。

「短筒のことは、誰にも言うなと指示した。押し込みの罪で、あの二人には遠島を申しつけることになろう。ただし、短筒のことを他所《よそ》でしゃべったら、即刻打ち首と因果を含ませておいた」

そして、懐に手を入れると短筒を膝元に置いた。

「後藤田が持って来ようとしていたのは、これか？」

「おそらく、同じ物と。ちょっと、それをお貸し願えますか」

音乃は短筒を手にすると、弾を見やった。

「……これは」

「どうかしたか、音乃？」

眉根が寄る音乃に、梶村が声をかけた。

「これはおそらく……あくまでもおそらくですが、後藤田様を殺したのはあの者たちかもしれません」

「なんだと？　あいつらは、ずっと知らぬ存ぜぬで短筒は拾ったと言い張っていたが……」

「この短筒に弾が二発残っているのが、動かぬ証し」

「どういうことだ?」

丈一郎が、問うた。

「後藤田さんがもっていた短筒を奪い、それを得物に福富屋弥左衛門を撃ったと思ってましたが、この短筒に弾が二発残っていたとしたら、話は異なってきます」

「音乃、ちょっと待て」

言うと梶村は、すっくと立ち上がった。

「ちょっと、待ってろ」

言い残し、部屋を出ていった。いく分の間が開き、梶村が戻ってきた。又次郎が、二人の捕り縄をつかんでいる。

「又次郎、その二人を柱に縛ったら戻っていいぞ。呼んだら、また来てくれ」

「かしこまりました」

襖を閉めて、又次郎が廊下を去っていく。

「そう思ってな、この屋敷に二人を留め置いた」

足音が消えたところで、梶村が言った。

「短筒を拾ったなんて、俺だっておかしいと思うさ。よしんば、後藤田殺しがこいつらでなかったとしたら、こんな物騒な物とっくに捨てちまうだろ。それを持っていたってことは……」

言って梶村は、うな垂れる二人に顔を向けた。

「おい、こっちを見やがれ」

二人の、胡乱《うろん》な顔が梶村に向いた。

「てめえら、余計なことをしてくれやがったな」

梶村の、屋敷中に響き渡るような怒号であった。

「すいやせん。カネをもってると思いやして……」

男の一人が、うな垂れながら言った。

「馬鹿野郎、ようやく白状しやがった」

音乃と丈一郎も、無念に悔やまれながら苦渋の顔を無頼の二人に向けた。

「後藤田の奴、とんでもなくつまらねえ野郎たちに殺られたもんだぜ。明日、即刻成敗してやる」

梶村の憤りが、二人に向いた。そして、又次郎を呼ぶと、二人を別部屋へと戻した。

部屋は再び三人となった。

「全てを露見させてから、梶村様にと思ってましたが、これまで分かったことをお話しします」

夜四ツが近くかなり更けてきたが、音乃は時を気にすることなく、この日のことを語りはじめた。

まずは、話の行きがかり上、福富屋の話から音乃は入った。弥左衛門が殺された件《くだり》では、さすがに梶村も仰天の声を発する。ここで音乃は、懐から短筒を取り出した。

「音乃も、持っていたのか？」

「これは、弥左衛門が天井裏に隠しもっていた物です。何よりの証しと、一つ掠《かす》めてきました」

同じ型の短筒が、畳の上に二丁並んで置かれた。

「お許しいただきたいのですが、やむを得ず一発を空に向けて放ちました」

「丈一郎が短筒をぶっ放したのか？」

「これには、事情《わけ》がございまして……」

丈一郎が、丸高屋の探りを口にした。

「いや。探りには、そういう無理をしなくてはならないこともあろう。この際、咎めはせん」

「お聞き届けいただき、ありがとうございます」

音乃と丈一郎が、そろって頭を下げた。

「それとです、源三さんが昨日の晩……」

話が、源三の一件となった。

「なんだと、源三がか。それで、容態はどうなのだ？」

「はい。一命は取り止め、峠を越したとお医者さまの診立てがございました。意識はまだ回復しておりませんが、もう安心できるものと」

「そいつはよかった」

梶村の、ほっと安堵する息づかいが感じられた。

「ですが、梶村様。今日の昼間、音乃に大奥から、再びご使者がまいりまして……」

音乃の大奥の件は、丈一郎から説かれた。

「明後日《あさって》の迎えとなったというのか？　あと、一日しかないのか。それで、目処《めど》はどうだ？」

「後藤田様が殺され、またしても闇の中に」

「かえすがえすも、残念だ。あやつら……腸《はらわた》が煮えくり返る」

梶村の怒りは無頼たちに向くが、もうそこに二人はいない。憤慨が治まらない、梶村の口調であった。

「福富屋弥左衛門さんのことですが」

音乃が、話の先を変えた。

「弥左衛門を殺したのが誰だか、目星はついているのか？」

「いえ、まだ。ですが、一人思い当たるお人がいるのですが……」

「誰だ？」

「治助って人です」

「治助って、後藤田が頼りにしていた男か。あの者は、後藤田の使いで昨夜ここに来たぞ」

どこでどう二人が絡んでいたかは分からない。なんとしても治助を捕らえ、話を聞き出したい。だが、どこに雲隠れしたか、これから捜し出そうとしても当てがまったくない。あまりにも時が限られ、音乃の気持ちに憂いがこもった。

「奉行所でも、治助を追おうか？」

「そうなりますと、一件が世間に……」

「そうだったな」

なんとも歯がゆそうな、梶村のもの言いであった。

「わたしたちの真の目的は丸高屋の暴挙を探ること。治助のことにはかまわず、先に、赤坂の生家に踏み込もうと思っております」

「音乃の言うとおりだと、拙者も考えます」

「それまで、この短筒を預からせていただけますか？」

「うむ、かまわんが。そうなると、弥左衛門殺しは、後回しにするより仕方がないか」

赤坂が決戦の場だと、音乃と丈一郎の顔が引き締まった。

「明日、赤坂の丸高屋伝八郎の生家に赴《おもむ》き、真相を洗いざらいにさせます。そして、源三さんを斬りつけた者と、福富屋弥左衛門を短筒で撃った者を……」

音乃の意気込みは、途中で止まった。まだ多くの事柄が残っている。明日一日だけで解決できるのかと、脳裏をよぎったからだ。

──いえ、まだあさっての半日が残っている。

音乃は、気力を奮い立たせた。

「はい、みんなあきらかにして差し上げます」

と、音乃は豪語した。鼻息を荒くしたものの、確固たる自信はない。俗にいう、空《から》元気といったものか。

四

二日つづけての、夜四ツ過ぎの戻りであった。

「お義父さま、お疲れになったでしょう?」

「何を、これしき」

「明日に備え、今夜はごゆっくりお休みください」

「風呂でも浸かって、音乃も休め。湯を沸かし直してやるぞ」

巽家には、内風呂がある。以前は源三が水汲みから湯沸かしまでやっていたが、今は専門の男に風呂焚きを委《ゆだ》ねている。この日も、風呂が焚かれているはずだ。温《ぬる》くなった湯を温《あたた》め直すのは、律か音乃の仕事であった。

「いえ、お義父さまにそんなこと……」

「いや、遠慮するな。これがおれのできる、せめてもの気持ちだ」

丈一郎の言葉に、あきらめが感じられる。明後日の大奥からの迎えで、音乃との別れを覚悟したようなもの言いであった。

「いえ、お義父さま。勝負は最後まで、下駄を履くまで分かりません。まだまだ……」

「そうか。あきらめるのは、早かったな」

語りながら歩くうちに、家へと着いた。

「だが、風呂だけは……」

と言って、丈一郎が遣戸を開けようとしたときであった。

「ちょっとよろしいですか？」

いきなり背後から声が聞こえ、音乃と丈一郎がそろって振り向いた。

「誰だ、こんな時分に……？」

驚く顔を向けると、一人の男が立っている。身形《みなり》は千本縞の小袖を着流し、髷は商人風に結われている。

「お二人の、お帰りをずっと待ってました」

提灯の明かりに浮かぶその顔に、音乃は見覚えがあった。思わぬ男の来訪であった。

「もっ、もしや……治助さん？」

丸高屋の前で財布を拾ったと、そのとき応対をした手代の顔を音乃は覚えていた。

捜したい男が、向こうから訪ねてきたのだ。その驚きはいかばかりか。

「治助って、丸高屋のか？」

丈一郎が、目を瞠《みは》らせて問うた。

「はい、そうです」

問いの受け答えに、治助の敵意は感じられない。その物腰からは、人を殺してきた下手人とは決めがたいものがあった。

「なぜに、ここに？」

「丸高屋と福富屋のことで、話したいことがございまして……」

後藤田を福富屋に紹介したのは、治助であったと番頭が言っていた。その関わりを知りたいところだ。

「それと、後藤田様とのことに関しましても」

音乃が知りたいところを、治助が口に出した。

「音乃、上がってもらおうか」

「はい、お義父さま」

源三を見つけ出してからはじまった、一日はまだ終わらない。まだまだ、長い夜がつづく。

真之介の位牌が祀《まつ》られた仏間に、治助を案内する。

音乃と丈一郎が並んで座り、半間の間をおいて治助と向き合った。
大店《おおだな》の手代であった者が、今は目に異様な光を宿している。何かよからぬことをしでかしてきた者だけに見られる、悲愴感が漂っている。丈一郎は、これまでに数えきれぬほど、そんな男の目を見てきた。

何を目的にやって来たのか、分からぬ男である。音乃の守りに徹しようと、丈一郎は黙って治助の挙動に注意を向けた。

音乃と治助のやり取りがはじまる。

「いつぞやは、丸高屋で……」

向かい合ってからの、治助の第一声であった。垂れる頭に、礼儀は心得ているようだ。

「はい、存じております。ですがこんな夜分、なぜにここに……？」

治助の意図が、まったくつかめない。だが、音乃を射止めに来たのでないことだけは分かる。殺気が、まったく感じられないからだ。

音乃の問いに答える治助の言葉は、想像だにもしないことであった。

「音乃さんたちに、すべてを話し終えたら番屋に行こうと思ってます」

「なんですって？」

思ってもない言葉に、音乃は訊き返した。

「すると、やはり……?」

弥左衛門殺しは治助であったかと、音乃の頭が巡った。

「その前に、どうしてわたしの名を?」

「音乃さんの名を初めて聞いたのは、後藤田さんの口からでした」

「なぜに、後藤田様が……?」

驚きに、口が流暢《りゅうちょう》に回らない。

「それは、あとでお話しします。音乃さんたちは、丸高屋のことを探っておられるのでしょう?」

「…………」

困惑から、音乃は返す言葉も出なくなった。誰にも知られてはならぬ影同心の存在を、まだ敵とも味方ともつかめぬ者が知っている。いかに応対してよいのか、すぐに答は見つからずにいた。

「なぜに、こちらがお分かりになられました?」

家までつき止められているのだと、音乃の問いが向いた。

「……もしや?」

心当たりが、音乃の脳裏をよぎった。

「昨夜、あとを尾《つ》けさせてもらいました。さすが、気配を感じられたか提灯の明かりを消されまして」

真っ暗な中を、手探りして帰ったのを音乃は思い出していた。

「昨夜、わたしたちを尾けてらしたのは、治助さんだったのですか？」

「はい。梶村様の屋敷から出て来るのを、待ってました」

なぜだという思いで、音乃と丈一郎は顔を見合わせた。

「ご安心ください、手前は他所《よそ》では何も喋りませんし、音乃さんたちが奉行所と関わりあるなんてことは、絶対に内密にしておきます。天地神明に誓って……」

「それでは、後藤田様のことは……？」

「残念なことになったのは、知っております」

治助の話に、無理に繕おうとしている様子は感じられない。

「音乃、信じてやる以外にないな」

それまで黙ってやり取りを聞いていた、丈一郎が口を挟んだ。

「お義父さま……」

「ああ。おれから見ても、嘘を言ってるとは感じられない。治助の表情は、下手人が白状するときの面構えによく似ている。とりあえず、話を聞こうではないか」

音乃はうなずき、まずは一問を発した。

「なぜに治助さんは、わたしたちのことを？」

「手前は、路地裏で後藤田さんと音乃さんが、話をしていたのを見てましたもので。手前なりに探らせてもらいました」

逆に探られていたとは、夢にも思っていない音乃であった。

「ただ、蕎麦《そば》を食ったあと、まさか後藤田さんが殺されるとは、思ってもいませんでした。あれは、福富屋弥左衛門の差し金と思ってましたが……」

「いいえ、違います。後藤田さんを殺めたのは、カネ欲しさの無頼たちでした。治助さんに罪をなすりつけようとしてましたが、先ほど白状しました」

「そうでしたか」

治助の肩が、ガクリと落ちた。下手人がつかまった安堵感と、後藤田が殺された無念の、両方がこもる肩の落とし方であった。

「それで、福富屋弥左衛門殺しは……？」

「はい」

聞き取れぬほどの返事をし、治助の首が下がった。うなずいたのか、うな垂れたのかどちらとも取れた。いずれにしても、ためらうことなく犯行を認めた。

「短筒はどうして手に入れました？」

「丸高屋伝八郎から、手前に渡された物です」

「伝八郎が……ですか？」

「これで、弥左衛門を殺れと」

丸高屋の番頭が言っていた、弥左衛門は用がなくなったというのはこのことか。徐々に真相が解明されていく。だが、話の本筋である幕府転覆の謀《はか》りごとから、だんだんと、逸《そ》れていくような気がしてならない。何か別に、曰《いわ》くがあるのかと、音乃はそんな心持ちとなった。

「伝八郎と弥左衛門は、仲がよかったのではないのか？」

「いいえ、とんでもない。弥左衛門は、伝八郎を食いもんにしてましたから」

「食いもんとは、いったいどういうことで？」

聞き捨てならない言葉である。ここは詳しく知りたいと、丈一郎は厳しい口調で問うた。

「丸高屋の財を、食い荒らしてたってことです。もっとも、弥左衛門はそれで潤っていたかというとそうではない。丸高屋が儲けた金は、弥左衛門を通して、あるところにみんな流れて行ってしまう。その流れを断ち切ろうと、伝八郎は弥左衛門を潰しにかかったのです」

「それでは治助さんは、伝八郎に命じられ弥左衛門さんを？」

「いえ、殺ったのは自分の意志です」

「治助は、弥左衛門に恨みでもあったのか？」

音乃と丈一郎の交互の問いに、治助は一つ大きなため息を吐いた。

「両方にです」

前一点を見据え、治助はきっぱりと言い切った。

五

――その怨念とは。

「五年に亘《わた》る、積年の怨みです。弥左衛門だけでなく、丸高屋伝八郎もこの手で葬ってやりたい一心でした。二人は共謀して妹一家の身代を奪い取りやがった。福富屋は、元々は井野屋《いのや》の屋敷だった」

口を荒くし、膝の上で握りしめる治助の拳《こぶし》に、苦悶が込められている。顔面赤くして鬼気迫る治助の形相に、音乃は並々ならぬ遺恨の深さを感じ取った。

「とくに、丸高屋伝八郎は殺しても飽き足らない極悪非道な男です。死ねば、どれほど多くの人が喜ぶか」

「なぜにそこまで、丸高屋伝八郎を……？」

興奮で声も震えがちの治助を宥めるよう、音乃は口調を柔らかくして問うた。

「伝八郎は、手前の妹……いや、妹一家の仇《かたき》なのです。あの男によって、殺されたと言っても過言ではありません」

少し落ち着いたか、治助の口調も滑らかさを取り戻してきた。

五年前、反物《たんもの》の返品によって一家心中をした反物問屋とは、あろうことか治助の身内であった。屋号は井野屋といい、治助の実の妹の嫁ぎ先であった。その身代を奪い取るため、伝八郎と福富屋は策を捏《こ》ねて追い出しを謀ったと、治助は思い込んでいた。それがために、妹一家は悲惨な目に遭った。福富屋はそこで口入屋を開業し、のうのうと商いをしている。治助自らも、妹の亭主からはどれほどの世話になったか分からない。二年もの間住まわせてもらい、飯も小遣いも与えてくれた。そんな恩義に報いるためにも、伝八郎と弥左衛門への怨みは日ごとに増していったと治助は語った。

「そこで、後藤田さんとの関わりなんですが……」

後藤田と知り合ったときの経緯を、治助が語りはじめた。

「妹一家が心中したとき、現場の検証に訪れたお役人の一人に、後藤田さんがおられました。十日ほど前、その人が丸高屋を訪れたときは、驚いたのなんの。最初は人違いと思ってましたが、近くに寄って来て福富屋を葬りたかったら、俺を手伝えって言うのです。後藤田さんには現場検証のとき、手前の怨念を口酸っぱく訴えましたから。そのときはけんもほろろでしたが、五年後の今になって、福富屋に奉公人したいから紹介しろと。そのときはまさか、奉行所の間者《かんじゃ》とは思ってもみませんでした。むろん、喜んで手伝うことにしました」

隠密の探索を部外者に委ねるとは、ずいぶんと脇が甘いと感じたものの、急場とあらばいたし方がなかったのであろう。

話が、丸高屋に戻る。

「業者には儲けるだけ儲けさせておいて、最後には根こそぎ奪い取るような仕掛けを放つ。そんなやり方で泣いたり、首を括《くく》った人たちがどれほどいるか分かったものではありません。いつかは意趣返しをと機をうかがって、ようやく、丸高屋には二月前に奉公人として潜《もぐ》り込めました。そして、伝八郎に張り付いたのです。それでこのごろになって、伝八郎と弥左衛門が何をしようとしているのか、おぼろげに分かってきました」

——幕府転覆の企み？

音乃の脳裏に、思いがよぎった。

「何をしようと……？」

幕府に反旗を翻《ひるがえ》す、謀反の根幹が語られるのではないかと、音乃は一膝進めた。

しかし、治助の答はそうではなかった。

「以前は仲よくしてたのですが、今では互いに互いを、抹殺しようとしていたのです。そう、蛇の喧嘩みたいに、互いの尻尾を食い合っていたってことです」

蛇が、互いを尻尾の先から呑み込んでいったら、最後はいったいどうなるのか。

——両方とも腹が一杯になり、最後は共倒れ？

音乃は自分なりの答を導き出して、頭を現実に向けた。

「幕府を倒そうって、魂胆ではなかったので？」

「誰が、そんな大それたことを。それは、とある大名家が丸高屋の財産を目当てに仕組んだ、狂言みたいなものにすぎません」

話が、あらぬ方向に行っている。

「丸高屋さんて、ん百万両の財産があるのでは？」

「とんでもない。今は、ん百両も残っちゃいませんよ。そりゃ、いっとき財を貯め込みましたが、それだってせいぜい数万両がいいところ。現実を知らない人が、適当に数百万両の財産を持ってるなんてことを言ってるのでしょう」

「異国から、武器を買うという話は？」

「弥左衛門のあの風貌に、伝八郎は騙されたのです。伝八郎の母親が、大奥に連れていかれたって話をご存じですか？」

「知ってます。幼いときに、いきなり連れていかれたと」

「伝八郎が、将軍様に恨みをもっていたのは確かです。いつかは幕府を倒してやろうと、躍起になって財を貯め込みました。伝八郎の思いを知ってけしかけたのが某大名家なのです。幕府を倒すのなら、異国の船から武器を調達しろと言いくるめる。ちょうど異人に似た弥左衛門に、某大名家が働きかけた。異人に成りすまし、丸高屋から財産を引き出せと……」

「某大名家って、どこなのだ？」

「そこはご自分たちでお調べください。そうそう、話は弥左衛門のことでしたね。それから伝八郎への、大騙しがはじまったのです。弥左衛門の先祖は遠い国の人だったのですかねえ、そんな血筋が面相に表れた甥っ子二人を巻き込んだ。異人が着るような衣装を纏わせ、英吉利人を装わす。もちろん、変装ですから普段はそんな格好はしていません。変な言葉を使ってたぶらかし、金をどんどんつぎ込ませたのです」

「大砲だとかも、買ったのか？」

「いやいや、そんな大それた物、買えるわけはありません。武器といっても手に入れたのは、短筒二十丁ほど。これは実際英吉利の船に乗り込んで、弥左衛門が直《じか》に買い付けてきたそうです。のらりくらりと大金をつぎ込ませて、何も渡すものがないってのはおかしいですからね。短筒十丁を渡したのも、伝八郎を得心させるための見せかけでした。そんなことをしていりゃいつかはばれる。騙されたと知った伝八郎の怒りは、尋常ではありませんでした」

「弥左衛門殺しを、治助さんに命じたのですね？」

「いや、手前から買って出ました。短筒を手にして、これで一人片づくと喜んで。手前は、あの家の間取りは隅から隅まで知ってます。そんなんで、朝から入り込んでました」

隠れる場所や、隠れて出入りするところはいくらでもある。音乃が想像を巡らせなくても、治助は誰に見つかることなく福富屋の母家《おもや》には出入りができたのである。

次は、弥左衛門のことを聞かなくてはならない。

「ならば、なんで弥左衛門は伝八郎に恨みを？」

「別に恨みではありません。某大名家は金を吸い上げるだけ吸い上げ、そろそろ幕引きをと、弥左衛門をけしかけていたのです。伝八郎を亡き者にして、すべてを闇に葬ろうとしているのです。自分たちの手を汚さずに事を済ませようってのですから、阿《あ》漕《こぎ》もいいところですな。弥左衛門には、伝八郎を殺さないとご禁制の短筒のことをばらすなどと脅して。さんざっぱら、金を巻き上げておいて、一番悪いのは武家たちです。ですが、弥左衛門はもういない」

「それじゃ、伝八郎は……？」

「弥左衛門が死んだと知れば、すぐにも家来たちを向かわせるのではないかと」

「伝八郎を、殺しにか？」

「はい。弥左衛門が頼りにならなければ、自分たちで殺る以外にないですから。ですが、まだ弥左衛門が死んだという報せは届いていないでしょう。明日、それが分かるはずです」

「と言いますと？」

「明日また、伝八郎の生家に集まることになってます。残りの短筒十丁と、カネの受け渡しがありますが、これを最後に某大名家は手を引くことになってます。ですが驚くでしょうね」

「なぜに驚くと？」

聞くのも焦るとばかり、音乃は相槌を打つ。

「弥左衛門も来なければ、それよりも伝八郎が死んでいるのを知って……」

「なんですって！」

「なんだと！」

音乃と丈一郎の大音声が、家中に轟き渡った。だが、律は相当に疲れて眠りに入っているとみえ、起きては来ない。

「もうすでに、手前が先ほど行って、伝八郎を殺《や》ってきました」

「なんだと！　それじゃ、二人も殺したのか？」

片膝を立て、丈一郎が大声でもって問いかける。音乃も驚きで、目を丸くしている。

「何かございましたので？」

さすがに大音声がつづけば、隣部屋で寝ている律も起きてくる。

「なんでもない。律は、寝ていなさい」

丈一郎が優しい口調で諭すと、律は襖を閉めた。

「こいつだけは、自分の手で殺るんだとずっと決めてましたから。短筒の弾が、ちょうど二発ありましたので。こいつがその得物です」

言って治助は、音乃と丈一郎の前に短筒を差し出した。火薬が破裂した硝煙の臭いがかすかに残っている。

「今ごろは、生家の仏壇の前で骸《むくろ》になっているはずです」

「なんて、こった」

丈一郎が、無念の息を吐き出した。

治助は、二人の驚愕にかまわず、語りをつづける。

「財をつかんだけれど、伝八郎みたいのを不遇の生涯というのでしょうか。所帯は持たず、ずっと独り身を通し、ただひたすらに怨念だけを生きがいにしていた。その気持ちが、手前にもよく分かるのです。まったく、自分も同じでしたから」

「それにしましても、ほとんど一代でよくあれほどの店を構えられましたわね」

江戸でも四指に入る、呉服屋である。音乃の脳裏に、赤札屋の光三郎の名が浮かんだ。

――商いでは、まるで提灯と釣鐘ほどの違い。でも、遥かに光三郎さんのほうが今は幸せそう。人の生き方としては、まさに月に鼈《すっぽん》。

「丸高屋があれほど繁盛したのは、大奥があったからです」

「どういうことです？」

大奥と聞いて、音乃は体をいく分前にせり出した。

「伝八郎の御生母は、大奥御年寄『高浜《たかはま》』の名を拝命し異例の出世をしたそうです。となれば、大奥お女中の装束は……」

「丸高屋から、調達していたってことですか」

「その利権たるや、計り知れないな。伝八郎は、それを知っていたのか？」

「いえ、知らずに商いをしてました。大奥から注文が入るのを多少は訝しくは思っていたでしょうが、そんなことを気にする人ではありません。何せ、儲けが一番、金が一番のお人ですから。ですが、最近になって、母親がそうとなっていることを知り、伝八郎の将軍様に対する怨念も、ここにきていく分萎《な》えてきたようです。そこで今、戦々恐々としているのが某大名家。謀反の黒幕として探りが入っているのに気づきはじめた。そう、それが音乃さんたちでして。いえ、絶対に言いません。手前はすぐにあの世へ行ってしまいますからご安心を」

「いつ刻《どき》に集まりますので？」

「それがいつもまちまちで、早いときもあれば遅いときもあると聞いてます」

「もう一度訊くが、某大名家とは？」

「そこはご自分たちの手で、確かめてください。手前が口を出すところでは、ありませんので。伝八郎の生家の、裏戸の閂《かんぬき》は開けておきました。家の中に入るには、一番右端の雨戸が外れやすくなってます」

「助かります」

終わりの言葉に、治助の想いが集約されていると音乃は汲み取った。音乃はその気持ちを、ひと言の礼でもって表した。

治助の本懐は、丸高屋伝八郎と福富屋弥左衛門を手にかけることにあった。それさえ成就すれば、もう何も語ることはないと口を噤《つぐ》んだ。

夜が明けたら早々にも、治助を連れて梶村のところに行くつもりであった。極刑は免れないだろうが、気持ちが整理できたという安堵の面持ちが、治助の目に宿っていた。

六

風呂に浸かり疲れを癒《いや》そうとしても、怒りと興奮が音乃の眠りを妨げた。うとうととする間もなく、夜は白々と明けようとしていた。音乃は、眠い目をこすりながら庭へと下りた。

このたびの事件に絡み、死ななくてもよかった人がたくさん出てきた。そして、これから死にに行く男たちもいる。

伝八郎も弥左衛門も、法度《はっと》を犯したことは言うまでもないが、生まれついての不遇な境遇が、曲がった道へと走らせたとも思えてくる。

弥左衛門の異相は、先祖代々の血統から引き継がれてきたものだ。当人にはまったく関わりがないといえど、異国との通商を禁じているこの国に生まれたのが不運であった。幼いころより、異端児として虐《しいた》げられてきたことはうなずける。音乃は弥左衛門と向かい合ったとき、眼窩に宿る青い眼の奥に、そんな深層の闇を感じ取っていた。

伝八郎も然り――。

大奥の傍若無人《ぼうじゃくぶじん》な母親の強奪は、幼き伝八郎の心に憎しみだけを刻み込んだ。伝八郎を大富豪にさせたのは、まさに怨念の一語である。今まで『幸』という一文字を、伝八郎は一度も感じたことはなかったであろう。嫁も娶《めと》らず子供も作らず、所帯を持たなかったのは、母親を連れていった男への、ただただ復讐に燃える憎悪の一念と取れる。音乃自身もそれは、今現在身につまされて感じているところだ。その憤りと不快さは、いかばかりか。口には絶対出せぬが、将軍様の首を刎《は》ねたいという気持ちに、変わりなかろうとも思えてくる。

ご政道の歪みが、こんな怪物たちを生んだと音乃には思えてならない。しかし、救いたくても、もう二人はこの世の人間ではなくなっている。せめて、地獄の閻魔《えんま》の裁きが、温情あるものにならんことを祈るばかりである。

後藤田三木助の死は、まったくといってよいほどの犬死である。その無念たるや、いかばかりか。そして、後藤田を殺害した無頼の若者二人。魔が差したとはいえ、けして許される犯行ではない。だが、たまたま霊巌橋を通りかかったのが、互いの不運といえる。後藤田の腹のあたりが膨らんでなければ、見過ごしていたかもしれないのだ。『――腹が膨らんでて……』それを大枚のカネだと思い、有無を言わさずいきなり匕首《あいくち》を刺した。それが短筒だと分かったとき、捨てればよいものを、得物として強奪に利用したのが運の尽きであった。

梶村は、即刻二人の首を刎ねると言っていた。怒りがそう言わせたのだろうが、きちんとした裁きの上で、二人は獄門台に首を晒されることになろう。橋の上で、後藤田と出会わなければ、三人ともまだまだ命は長らえていたものを。治助の極刑も免れないであろう。いかに大義があるとはいえ、治助は人を二人も殺した咎人《とがにん》である。然るべき裁きは受けさせなくてはならない。

——恨みや欲なんかで、人を殺してはならないの。地獄の閻魔様が、みんな片をつけてくれるから、それを待ってればいいのに。

音乃は、やるせない思いで一杯となった。

裏で糸を引いていたという、某大名家というのに音乃は無性に腹が立っていた。

このまま某大名家に何も咎めがなければ、これほど心外なことはない。慚愧《ざんき》に堪えぬ思いを抱いて、音乃は木剣を振るった。

「地獄からの鉄槌を下してやる」

謀反陰謀のからくりは、そこから聞けばよい。

音乃に残された時限は、あと一日半である。この日のうちに、某大名家の真相をつき止めなければ、明日の午後、豪華な青漆塗《せいしつぬり》の女乗物に乗らなくてはならない。

「大奥なんかに、絶対に行くものか！」

気合いを込めて、木剣を振り下ろす。ビュンと、空気を切り裂く音があたりに響いた。

夜は白々と明け、あたりが見渡せるほどの明るさとなった。それでも、明六ツまでには四半刻ほどありそうか。

「音乃、眠れなかったようだな」

庭に出てきた丈一郎が、音乃の手にする木剣に目を向けながら言った。

「いろいろな思いが重なりまして……」

「無理もあらん。おれもさほど、眠れていない。そろそろ、梶村様のところに行こうと思ってな」

治助を梶村に引き渡し、そして赤坂に向かう段取りとなっている。

奉行所への与力の出仕は早い。出かける前に目通りをせねばならないので、明六ツには梶村の屋敷を訪れなくてはならない。

「すぐに仕度をしてきます」

縄で縛っていなくても、治助は逃げたりしていない。

音乃と丈一郎の出かける仕度が調《ととの》い、遣戸を開けようとしたときであった。

外のほうから、ガラリと音を立てて遣戸が開いた。

「あら！」

「おう！」

音乃と丈一郎の、目を瞠《みは》る驚きであった。

「ご心配をおかけいたしやした」

源三が立っている。もしやと思い、音乃は下に目を向けたが、ちゃんと足はくっついている。顔色も、元のとおり日焼けした、いい色に戻っている。

「くたばってはいやせんから……おや、どなたで？」

三和土に一緒に立つ治助を見やり、源三が訊いた。

「これから梶村様のところに行くところだ。事情《わけ》はあとで話す。源三は、歩けるのか？」

「ですから、ここに来られやした。ちょっと背中の傷が痛むくれえで、もうなんともありませんや」

「そしたら、赤坂に行けるか？」

「ええ、もちろん。あっしも、そのつもりでおりやしたから」

「だったら半刻ばかり、舟玄で待っててくれ。三郎太に、舟を頼むと……」

「かしこまりやした。待ってやすぜ」

源三の声に張りがある。本当によかったと、音乃はほっと安堵の胸をなで下ろした。

治助を与力の梶村に引き渡し、四半刻ほどの滞在で、大筋の話を語った。

「これからが本当の意味での、お奉行からの密命であるな」

某大名家がどこか、まだ分かっていない。治助にさらに問うたが、そこは頑《かたく》なであった。梶村がきつい口調で問い質《ただ》したが、やはり首を振る一点張りであったが、たったひと言『――町人は知らないことにしときませんと』と、治助は口にした。そこで、梶村の問い詰めは終わった。


三郎太の漕ぐ猪牙舟に音乃と丈一郎、そして源三が乗り込む。

「源三さん、本当に大丈夫？」

音乃の気遣いに、

「なんてこたありゃしませんよ。あっしをこんな目に遭わせた野郎たちに、一泡吹かせてやれるのが、ありがてえくらいでさあ」

まだ無理はするなと、医者の源心からきつく言われている。だが、源三はそんなことにはおかまいなしであった。お昌からも、是非連れてってくれと言われ、音乃もその気になった。一緒に行ってくれたのがどれほどありがたかったか、身に滲みて感じるのはそれから数刻後のことであった。

舟の上で、一つだけ源三に聞きたいことがあった。

「源三さんを襲ったのは、どこの家臣だかお分かり？」

「いや、それがなんともはっきりしやせんで……」

「一度、うなされていたのをお昌さんが聞いてまして、鍋敷きとかなんとか」

「鍋敷きですかい？」

源三の首が、さかんに傾《かし》ぐ。覚えはまったくないようだ。

「それって、鍋島のことではございません？」

「鍋島なら、その屋敷の前で襲われやしたから。濠に飛び込んだあとは、まったく覚えてねえんで。その侍たちが、どこの者かまでは……」

「鍋島家の中屋敷前でやられたので、それが無意識に口から漏れたのだろう」

丈一郎が言って、そのとおりだろうということになった。源三の口からは、どこの家中かは、分からずじまいであった。

虎ノ門からは、赤坂一ツ木町までのおよそ半里先までは歩きである。三郎太を船宿に帰し、三人は陸《おか》に上がった。ちょうど、朝五ツの鐘が鳴り出したところであった。

「どうだ、源三。一ツ木まで歩けるか？」

「ええ、なんてことはありませんや」

「こんな早くから集まらないでしょうから、ゆっくり歩きましょ」

三人は、葵坂をゆっくりと歩む。左手はずっと、鍋島家の中屋敷の塀がつづいている。

裏門は閉まって、誰も出てくる気配はない。

「あっしは、このへんでやられたのですぜ」

溜の落ちたあたりを指差して、源三が言った。今は、何ごともなかったように、溜池の落とし口から流れ落ちる水音が聞こえるだけだ。

源三の傷に障《さわ》るからと、それからは無言で歩いた。

四半刻ほどして、伝八郎の生家の前に立った。まだ、誰も集まっていなければ、家の中には伝八郎の骸だけが転がっているはずだと、治助が言っていた。

七

裏戸の門が掛かってなく、三人は難なく敷地の中に入り込めた。

どこに誰がいるか分からない。警戒しながらも母家に近づく。榑縁《くれえん》の雨戸は閉まっている。母家の戸口も引き戸となって鍵が掛かり、開けることはできない。

音乃は、弁柄《べんがら》色の小袖に紺袴《こんばかま》。うしろ髪を馬の尻尾のように垂らし、若武者の姿に身を変えている。腰に、真之介の形見である大小を差し、万が一にと懐に短筒を隠しもっている。弾は一発しか入っていない。

丈一郎と源三は、いつでも同じ格好である。着流しに羽織と、唐桟《とうざん》の小袖を尻ぱしょりしたところは、町方同心と岡っ引きに同じである。丈一郎の懐には、短身の十手が隠されている。

一番右端の雨戸が開くと、治助は言っていた。戸袋は見えないが、仕掛けがあるのだろう。

「開かないな」

丈一郎が雨戸を押しても引いても、ウンともスンともしない。十間はあろう、長廊下である。三尺幅の戸板は二十枚ある。

「おかしいでやんすね」

源三が代わって、戸板を外そうとするも、びくともしない。おかしいと思いながら、三人に焦りが生じてきた。まだ、日は中天の低いところにあるが、いつ某大名家の家臣たちが来るのか分からない。

路地に、数人の急ぐ足音が聞こえてきた。裏戸が開いたら、ここでやり合う以外にない。三人は、対戦の構えを取って相手を待った。

足音は、裏戸の前を通り過ぎていく。

話し声が聞こえてきた。

「今日中にやっつけねえと、引渡しに間に合わなくなるぜ」

路地の奥の、新築普請を手がける大工たちであった。

塀に目を向けた音乃に、気づくことがあった。

「右側って、内から見ての……?」

外から見れば、左側となる。

戸袋が、内側に隠れた造りになっている。すんなりと開き、三人は家の中へと入った。

「土足で失礼」

と、音乃は独り言のように断りを言った。

雨戸を閉めると真っ暗になり、明かりがなくては一歩も進めない。そういうこともあろうかと、音乃は、袂から巾着袋のようなものを取り出した。火打ち袋といって、持ち運びのできる便利なものが、昨今売られている。火種がなくても、それがあればどこでも火の用意はできる。火打鎌《ひうちかま》、火打石、火口《ほくち》、そして付け木の一式であった。袋には、ぶら提灯用の蠟燭《ろうそく》も一本入っている。

音乃は雨戸をいく分開けて手元を明るくすると、手馴れたように火打鎌と火打石で火花を飛ばした。火をつける手順としては、火花を火口に当てて着火させる。三度ほど石を打つと、火口に赤味が帯びた。火口に灯った火を、経木を割いたような薄い付け木に移す。それで、蠟燭の芯を燃やすことができた。

榑縁の柱には、燭台がいくつか備えられている。雨戸を閉め、燭台に火を灯していくと家の中の全貌が見渡せるようになった。

障子戸が、およそ八間にわたってつづく。一部屋二間の部屋が、四部屋つづいている。

一番手前の障子戸を開けて、三人は愕然とした。仏壇の前で、伝八郎らしき男がうつ伏せになって倒れている。

伝八郎の顔を知っているのは、音乃だけである。

「間違いありません」

仏に手を合わせながら、音乃は言った。

前方から短筒で撃たれ、心の臓から噴き出した血が、今は固まってどす黒い色に変わっている。遺骸はすでに硬直し、紫色へと変色している。

処理をしたいが、ことが済むまでこのままにしておくことにした。隣の部屋を開けると、そこは主の寝所のようである。枕屛風《まくらびょうぶ》と文机《ふづくえ》のほか、部屋の中には何もない。その隣が、客間のようである。床の間があるも、飾り物はいっさいなく殺風景な部屋であった。

その奥にもいくつか部屋があったが、奉公人たちが住む部屋と食事の賄《まかない》をするところであった。

ひと通り家の中を見廻り、どこで待機しようかということになった。

家中にある燭台にはすべて灯を点《とも》し、雨戸が閉まるも家の中は昼のように明るくなった。

客間で待つ間にも音乃と丈一郎は源三に、源三は音乃と丈一郎にこれまでの経緯を語った。まだ、相手が来る気配がないので、こと細かく詳しく語ることができた。

「あっしが寝ている間に、そんなことになってたんですかい」

「そんなんで、ここが決戦場だ。ただし……」

「どなたも来なかったら、万事休す」

音乃が、憂いのこもる声で言った。

「音乃さんらしくねえもの言いだ。万事休すだなんて言葉、聞きたくもありやせんぜ」

源三が、顰《しか》め面をして言った。九死に一生を得てきたばかりで、話に重みがある。

「ごめんなさい。源三さんの言うとおり、何をおいても弱気は絶対に禁物でした」

「今日が駄目でも、明日まだ半日残ってますぜ」

源三の励ましに、音乃は大きくうなずいた。

「それにしても、早く来ないかしら」

正午《ひる》を報せる鐘が、遠く聞こえてくる。このあたりは、赤坂田《た》町成満寺《じょうまんじ》の時の鐘か。

さらに一刻が経ち、昼八ツの鐘。まだ、誰も訪れる気配がない。そして、さらに一刻が経ち、夕七ツを報せる鐘が鳴りはじめた。雨戸を閉めてあるので、外の様子は知れない。本撞きが鳴る前に、三つ早打ちで捨て鐘を打つのが、時を報せる鐘の鳴らし方である。

ひたすらに待つ。話も出尽くし、三人の口数はめっきりと減った。そろそろ、焦燥が募ってくるも、誰もそれは口にしない。

夕七ツの本撞きの、七つ目の余韻がまだ残るところであった。

トントントンと、戸口の遣戸を叩く音が聞こえてきた。

「よし、来たな」

三人そろって、出口へと向かう。三和土《たたき》に下りるのは丈一郎一人で、音乃と源三は式台の上で息を殺した。

「どなたで？」

丈一郎の問いに、戸口の向こうから返事があった。

「リチャードデース」

「ジョージデース」

おかしな言葉の響きが返ってきた。リチャードという聞きなれない言葉だが、源三に覚えがあった。

「……あれは、異人の名ですぜ」

治助が言っていた、異人に成りすました福富屋弥左衛門の甥《おい》たちかもしれない。

「よし、中に入れよう」

丈一郎と源三が、遣戸を開けて二人の若者を家の中へと無理矢理引っ張り込んだ。

「ナンデスカ、アナタタチーハ？」

「もう、そんな変な言葉なんか使わなくたっていいんだ。なんだ、その格好は？」

若武者姿なので、音乃は男言葉である。

袖が垂れてないヒラヒラのついた上着に、下は伊賀袴に似た裾が絞られた穿き物である。何かの絵図で画いてあった、異人の姿を音乃は見たことがある。それと、同じような着姿であった。弥左衛門ほどの異相ではないが、血は引いているのであろう。やはり日本の男と比べ、いく分鼻が高く、顔の彫りも深い。色白にして少し白粉《おしろい》を塗れば、異人に見えなくもない。というより、異人を見たこともない侍や町人たちにはいくらでも誤魔化すことができる。

「おじきは、どこでい？」

「おじきってのは、弥左衛門さんのことか？」

「そうだ」

どっちがリチャードで、どっちがジョージなんてそんなことはどうでもいい。二人とも二十代の半ばで、口の利き方が遊び人風になっている。

「あんたらのおじさんは、ここにはもう来ない。昨日、亡くなったよ」

「死んだだと？」

「本当かい？」

驚く顔は、まだ弥左衛門の死を知らないとみえる。

「おめえら、いったい……？」

「こういう者だ」

丈一郎が十手を抜いて、二人の前でブラブラと振った。役人に弱みを感じるか、顔が引きつっている。

「おまえらのほかに、誰が来る？」

「坂山《さかやま》藩高田《たかだ》家のご家臣が三人ほど……」

十手に怯えるか、返事が素直である。それと、口調がまともになった。

「坂山藩て、音乃は聞いたことがあるか？」

「いえ、ありませんけど」

「博識の音乃でも知らんか」

「いったい、国はどこでしょう？」

まったく聞き覚えのない藩名と家名である。音乃と丈一郎が顔を見合わせ、首を傾げた。

「確か、肥前《ひぜん》の国って言ってやした」

「おまえら、肥前の国に坂山藩なんて……いや、知らぬものは、知らんか。同輩には、唐津《からつ》藩だって知らない奴がいたからな」

日本国中におよそ三百もある藩の名を、すべて知っている者はそうそうはいないだろう。町人ならばなおさらである。

「その三人は、まだ来ないのか？」

「へえ。七ツ半ごろと聞いてます。その前に、おじきと丸高屋さんで話をすると……」

「分かった。だったら、上がれ」

まだ、四半刻以上の間がある。その間に、二人に話を聞いておくことになった。

「あんた、もしかしたら、女じゃないので？」

「しかも、土足？」

二人の、訝しそうな顔が音乃に向いた。

「もう、そんなことはどうだっていいのだ」

「いってえ、何があったんですかい？」

「ちょっと、こっちに来な」

二人を奥の仏間へと、引き連れる。

「あっ！」

畳にうつ伏せになってる伝八郎に、二人は驚愕の目を向けている。

「分かったかい。あんたらのやっていたことは、大変なことなんだよ。分かったら、向こうに行こう」

五人して、隣の客間へと移った。

「そんな姿では、町中を歩けないだろ。どこで、着替えるのだ？」

「裏の寺の境内でこっそりと……」

「それで、丸高屋の伝八郎さんを騙してたのかい？」

「騙してたって、いったいどういうことで？」

「みんなそろって、丸高屋の財産を食い潰してたってことだよ」

「なんですって、あっしらは……」

「知らないと、白《しら》を切るんか？」

丈一郎が問い詰める。

「いや、あっしらはただおじきのうしろにくっついていただけで、何もしちゃあいやせん」

「ただ、黙っていろと言われただけで。だが、口が利けねえと思われても変なので、おかしな訛りは、おじきから教わったもんです」

異人の様相で、言葉は江戸弁である。二人の話を聞くうちに、おおよそ治助から聞いた話と一致する。謀反を起こすための武器の調達なんて、初めからなかったことだ。二人を異人に見せかけての騙《かた》りだと、これではっきりとした。

八

なぜに丸高屋伝八郎がこんな話に乗ったかは、間もなく来るであろう坂山藩の家臣を問い詰めれば分かることだ。

「……それにしても、坂山藩とは?」

音乃は、その藩が思い当たらない。肥前で知っているのは、佐賀鍋島、唐津、平戸、大村、島原、福江と、鍋島家の三支藩の蓮池《はすいけ》、小城《おぎ》、鹿島《かしま》藩だけである。

「……どう考えても、坂山藩なんて肥前にはない」

しばし考え、音乃の顔は二人に向いた。

「これから来る三人以外に、ほかにもお侍は来なかったかい？」

「いや。あっしらは三回ほどここに来たけど、いつも三人同じ侍でやした」

今しがた源三から聞いた話だと、九州や四国、そして長州や周防の侍たちを巻き込んで、相当数の藩士たちが集まったらしい。そして、いよいよ決起に走ろうとしている。そんな肝心なときに、いつも同じ三人だけというのはおかしい。

「そういやあ……」

源三が、話しかけた。

「もう一言《ひとこと》聞けたのを、思い出しやしたよ。こいつが、肝心だった」

「なんと？」

「下級武士を集めてのあと、『世の中を変えようなんて、よくそんな話を思い……』ってね。そのあとは、思いつくなって言いたかったんでやしょう」

「やはり、すべては作り話だった」

だが、音乃の頭の中では、まだ割りきれないもやもやが燻っていた。

そのとき――。

ドンドンと、遣戸を叩く音が聞こえてきた。

「おい、来たぞ」

「リチャード、ここに連れてきてくれ」

「へい、かしこまりやした」

丈一郎の言葉に、おとなしく従う。手はずはすでに話してある。

「ダンナサマガ、オマチデース」

「おう、リチャードか」

戸口先のやり取りが聞こえてくる。それが、足音となって近づいてきた。そして、客間の障子戸が開いた。

「誰もいないではないか」

「イマ、ヨンデキマース」

リチャードと入れ替わるように、仏間に控えていた音乃と丈一郎、そして源三が客間へと入った。

浅葱《あさぎ》色の紋付羽織は同様だが、袴の色は三人それぞれ違っている。齢はみな二十代の半ばで、明らかに下級武士を髣髴《ほうふつ》とさせる。だが、その面相だけを見ると、とても同志をかき集め、謀反の統帥《とうすい》になれるほどの器《うつわ》には見受けられない。それなりの貫禄とか威厳がまったくなく、そこいらにいる田舎侍とちっとも変わらないのである。

——こんな男たちに、何ができるというの？

音乃の燻りは、さらに色濃くなった。

「こいつらですぜ、あっしをあんな目に遭わせたのは」

三人の、誰にともなく源三は指先を向けた。

「おやっ、貴様は！」

驚くところをみると、三人も源三を知っているようだ。

「もう、あんたらに丸高屋さんの金は流れていきはしないぜ。これまで、いくら吸い上げたんだ？」

「なんだと？　誰だ、おまえらは」

音乃の啖呵《たんか》に、侍たちがいきり立つ。

「こんなもの見せたって、おまえらには通用しねえな」

丈一郎が、翳していた十手を懐にしまった。

「丸高屋さんは、ああなっちまってるさ」

音乃は体をどけて、仏間の奥を見させた。

「おまえらか、殺ったのは？」

「いや、拙者たちではない。いったい、誰が……？」

「おまえらでないのは分かっている。だが、あんたらに殺されたのと同じようなもんだ。幕府に弓を引いて、同志や武器を掻き集めようなんてそんな大それたこと、いったい誰が考えたんだ？」

音乃の男言葉に、三人は返す言葉もなさそうだ。

「仕方があらんな」

となれば、強硬手段か。三人は懐に手を入れると、短筒を抜いた。同じ物がすでに、相手にも渡っていたのである。

「それ以上何か言うと、こいつが火を噴くぞ」

三人それぞれが持つ短筒の筒先が、音乃と丈一郎、そして源三の胸元に向いている。

「これがなんだか分かるか？」

「そのくらい知ってるさ。ペイストルと言ってな、これと同じもんだろ」

言って音乃も、懐から短筒を取り出した。そして、筒先を真ん中に立つ侍に向けた。

「異国では、決闘なんて言葉があるそうだね。どうだい、あたし……いや、おれと早撃ちの勝負をしないか」

音乃にもの怖じはなく、相手は怯んでいそうだ。ここで音乃は畳み掛ける。

「そんな勝負をする度胸もないくせに、よくも幕府を倒そうなんて思ったな。もっとも、そんなのはすべて狂言だってのは分かってるけどね。だけど、どうもおかしい。この策謀は、あんたらが画《か》いた絵じゃないだろ。誰なんだ、黒幕ってのは？」

音乃の核心はここにあった。この者たちから、それが語られれば自分たちの役目は終わる。音乃は最後の詰めに入ったと思うも、その前に目前に突きつけられた短筒から身を躱《かわ》さなくてはならない。心配なのは、源三の体であった。まだ、背中の傷が疼《うず》くという。咄嗟《とっさ》に、短筒の弾が避けられるかどうかに不安があった。

「三人そろって、死んでもらうより仕方ないな。田沼《たぬま》に細野《ほその》、一斉に撃つぞ」

「よし」

短筒の引鉄に指をあて、力をこめようとしている。音乃もそれに合わせて、引鉄に指をあてた。

「あんたとは、相撃ちになりそうだね。だけど、短筒を撃ったことがあるのかい？三人ともそんなんじゃ、弾なんか出てきはしないよ。引鉄の脇にある、膅を見な」

「えっ？」

音乃の言葉に、三人の視線が自分たちの持つ短筒に向いた。その隙を、音乃は見逃さない。柔術の受身のように畳の上を一回転すると、咄嗟に短筒の引鉄を引いた。狙いは、源三を狙う田沼という侍の膝元に向けた。パーンと一撃銃声が鳴った。田沼の膝が折れる隙に源三を逃がし、音乃と丈一郎は脇差を抜くと、あとの二人に斬りかかった。しかし、刃先は裏返しとなって、棟でそれぞれの胴を打った。

やはり、坂山藩高田家というのは偽りであった。本筋の名を隠すために、適当にでっち上げた名であった。

「本当はいったいどこなんだ！」

音乃が声を荒げて、問い質す。その名が出たところで、この探索は終わりとなる。

あとは、その名をもって北町奉行榊原のところに向かえばよいことである。

だが、簡単には口を割らない。

「音乃、このままふん縛って、連れていこうか。生き証人は、そいつ一人でいいだろ」

「そうしましょうか。源三さん、縄をもってますか？」

「そりゃ、いつだって。ふん縛るのは、こいつですか」

源三が、早縄を打とうとしたときであった。どやどやと数人の、榑縁を歩く足音が聞こえてきた。

「しばし、お待ちくだされ」

障子戸が開き、十人ほどの侍たちが雪崩《なだれ》を打つように駆け込んできた。その真ん中に、裃《かみしも》を纏った五十絡みの正装の男が立っている。

「拙者、佐賀藩鍋島家江戸家老山岡大善《やまおかたいぜん》と申す」

その山岡の顔が、音乃と丈一郎に向いた。

「すべては明白となり申した。その者たちを、こちらに引き渡していただけまいか」

やはり佐賀の鍋島家かと思ったものの、音乃もあとには引けない。相手は大藩であるが、ここでくじけたら大奥行きとなる。

「それは、なりません。幕府を貶《おとし》めようとした大逆無道の輩《やから》です。お裁きは、然るべきところでさせていただきます」

とんでもないと、大きく首を振って拒んだ。

「実はでござる」

山岡大善が正座をして直った。そこで家来一堂も正座となった。話を聞くだけは聞こうと、音乃たちもそれに倣《なら》った。

「この者たちは、当家の実の家臣ではなく……鍋島家には、三家独立した家がござって……」

「三支藩の蓮池、小城、鹿島藩てことですか？」

音乃が話を引き取って言った。

「いかにも。貴殿はよくご存じで。企てたのは、その家の一つということにしておいてくだされたい。この者たちは、その家の家臣でござる」

山岡の口から、経緯が語られる。

「その家は、以前よりかなり財政が苦しく、資金難に喘《あえ》いでいた。だが、最近になってかなり金廻りがよくなったのを、当家の主がおかしいと思い、こちらなりに探っていたのだ。丸高屋伝八郎が幕府に恨みを抱いているのを、そこの家老が知って一計を企てた。この者たちをけしかけ、幕府転覆の謀反をもちかけたのだ。他所《よそ》からも不満藩士を募ると偽り、外国から武器を買う名目で、丸高屋に金を出させた。その額、三万両にもおよんでいたというから大事《おおごと》だ。これが明るみに出たら、鍋島家全部が改易せざるを得なくなる。かといって、表沙汰にはできない。そこで当家の主が、盟友である某大名に相談をもちかけた次第」

その某大名というのは、高田藩主榊原政令というのは音乃でも読める。

「すべてを内密にさせるには、この手以外には思いつかなかった。そういったわけで、貴殿たちのことは、よく分かっている」

「えっ？」

どうしてだと音乃は首を傾げたが、一つ思い当たる節があった。

——治助さん？

「……いや、違う」

「一つだけ、教えておこう」

音乃が呟くところに、山岡の声がかかった。

「丸高屋に、一人間者《かんじゃ》を差し向けておいた」

「それって、治助さんてお人ですか？」

「なんと名乗ったかは、それは知らん。その者が、身を挺してよく働いてくれた。いずれにしても、これは鍋島の分家がいたしたことだ。その処分については、本家のこちらに任せていただきたい」

謀反を止めるでもなんでもない。すべては鍋島家を守る策略に、音乃たちは乗ったのである。

——お義父さま、どうなさります？

音乃は、無言でもって丈一郎に問いかけた。すると、小さなうなずきがあった。

「……仕方ないだろう」

口の動きは、そんな風に聞こえた。

「丸高屋伝八郎のことも、こちらに任せてもらいたい。ねんごろに弔うので、そこは安心していただきたい」

いやとはいえず、うなずく以外にない。かくして三人の藩士は、山岡たちによって引き取られていった。

「あっしらは？」

もしかしたら、この二人も口封じをされていたかもしれないのだ。せめてこの男たちが助かったことに、音乃は安堵を覚えた。

「着替えて、どこへでも行くがいい」

異装の二人に、丈一郎が言った。

帰りの舟の上で、音乃は考えていた。

――もし治助さんが、鍋島家の間者であったとしたら？

後藤田と五年前に会って、二月前に丸高屋に入り込んでいた。辻褄が合わないと思ったところで、はっと気づくことがあった。

「それってみんな、治助さんが自分で言ってた話」

丸高屋伝八郎の阿漕な商売は、たくさん耳にしているだろう。それを種にすれば、いくらでも話は作れるものだ。福富屋の間取りに詳しかったのも、大名家の間者であれば当然といえる。仇討《あだう》ちでもなんでもないと、音乃は得心をする思いとなった。すると、ここで音乃は大きな疑問が頭の中に浮かんできた。それを丈一郎に問う。

「お義父さま……」

「なんだ？」

「なぜにお奉行様は、この件をわたしたちに下したのでしょう？　今のご家老の話を聞きますと、ほとんどご自分たちの手で処理がなされていたものと。なんだか、わたしたちが躍起になることでもなかったような……」

「そうだなあ。おれたちが出張らなくても……そうか！」

「何か、お気づきになりました？」

「音乃が大奥に召し抱えられるのを、もしやお奉行が知っていたからではないのか」

「どういうことで？」

「大奥を引き上げさせる、大義名分を作ろうと……」

「あっ」

音乃も気づいたか、一声発しそのあとは無言となった。

「この事件で一番つらい思いをしたのは、源三かもしれんな」

丈一郎の言葉が耳に入るっているのかどうか、源三は川面に穏やかな顔を向けている。

翌日の昼八ツ、巽家の戸口先に豪華な女乗物が二台横付けされた。一台は、音乃を乗せるために空《から》である。

大奥からの、迎えであった。今朝になって、北町奉行の榊原にことの顚末を報じたのだが、将軍家斉にはまだ届いていなかった。

さもあろうと、音乃は手立てを講じていた。顔を痘痕《あばた》状に紅を塗り、額から汗を垂らして蒲団に寝ている。傍には、医者の源心が控えている。

「音乃殿を迎えにまいりましたぞ」

金襴《きんらん》の衣装を纏った御表使の三宅が、敷居をまたいで入ってきた。応対は、丈一郎の役目であった。

「おう、そなたは先だっての……音乃殿をお連れいただこうか」

三宅は丈一郎の顔を見知っている。懐かしい者と出会ったような、表情であった。

「いや、本日のところはお引取りを……」

「なぜお連れできぬと申す？」

「今、音乃は大変な病《やまい》に罹《かか》って床に臥せております」

「病だと？　偽《いつわ》りを申せ。ならば確かめてまいる」

「待ってくだされ……」

丈一郎が止めるのも聞かず、三宅と警護侍が上り込んだ。そして、音乃の顔色を見て愕然とする。

そこに居合わせたのは、源心であった。

「わしは医者であってな、今音乃さんを大奥に行かせるわけにはいかん。無理矢理にも連れていけば、御使者に必ず咎めがあることだろう。上様に、病を移したとな」

「それでは……」

「ああ。あと、三日は安静にしておらんとな。上様に、そうお伝えしたらよろしかろう。病の種を、お城に入れては一大事ですからな。まずは、あなた方に移りますぞ。そうだ、そこに立っておられるだけでも……」

三宅と警護侍が、慌てて外へと飛び出した。

「四日後に、またまいる」

空の女乗物を陸尺《ろくしやく》四人が担ぎ、一行は引き上げていった。

奉行榊原の話が上様に通ったと、梶村からの報せがあったのは、それから二日後のことであった。

時代小説

二見時代小説文庫

命《いのち》の代償《だいしょう》　北町影同心《きたまちかげどうしん》 6

著者　沖田正午《おきだしょうご》

発行所　株式会社　二見書房
東京都千代田区三崎町二－一八－一一
電話　〇三－三五一五－二三一一［営業］
　　　〇三－三五一五－二三一三［編集］
振替　〇〇一七〇－四－二六三九

印刷　株式会社　堀内印刷所
製本　株式会社　村上製本所

落丁・乱丁本はお取り替えいたします。
定価は、カバーに表示してあります。

 ISBN978－4－576－17126－5
http://www.futami.co.jp/

沖田正午
北町影同心
1
閻魔の女房